コーヒーと随筆

庄野雄治 編

はじめに

繰り返し読める随筆集を作りたかった。小説よりも随筆のほうがより自由で、軽やかだと思うから。日々の暮らしの中で、落ち込んだ時、迷った時、そして楽しくて仕方がない時に、何度も手に取りたくなる本があればいいなと思った。

何の決めごともない、ただ、いいなあと思える文章が載っている本ってありそうで、中々ない。商品として随筆集を編纂《へんさん》する場合、どうしても理由が必要になる。しかし、私は本が好きな、ただのコーヒー屋だ。本作りを生業《なりわい》にしていない、本を読むのが好きなコーヒー屋に理由はいらない。ただ面白い文章が載っている本があればいい。動機だけがあれば十分なのだ。決めごとは何もないと言ったが、ひとつだけ挙げるとすれば、コーヒーによく合う、すこぶる面白い随筆を選んだこと。

随筆って何だろう。調べてみると、心に浮かんだことを書いたものと定義されている。ならば小説も随筆の一部じゃないのかしら。随筆はすべてが本当にあったことではないし、小説はすべてが作りごとでもない。その曖昧《あいまい》なところに、本を読むという意味があるんじゃないのかな。

優れた科学者ほど、文章が上手いと聞いたことがある。論文を書くためには、相手に伝わる簡潔な言葉が必要だからだそうだ。逆に文学者の論文のほうが、言葉をこねくり回し気の利《き》いたことを言おうとして、読み辛《づら》く人に伝わらない文章になってしまうことがあるようだ。

ただただ面白い随筆を挙げていったら、物書きを稼業《かぎょう》としない人たちの作品をたくさん選んでいた。学者、彫刻家、落語家、文章を書くことを生業にしていないからこそ胸に響く文章が生まれるパラドックス。そう、随筆はすべてを飲み込んだ大きな海なのだ。

人はずっと変わっていない。この本に載っている随筆を読めばよくわかる。百年前の人が読んでも、百年後の人が読んでも、同じところで笑って、同じところで泣くんじゃないのかな。

一番新しいものが一番優れていると思われている。もちろん新しくて優れているものもあるけれど、そうでないものもある。新しいものは、やがて古くなる。ずっと新しいままではいられない。新しいものは古くなるが、いいものは古くならない。この本に掲載されている随筆は半世紀以上前、中には百年以上前に書かれたものもある。これらの作品が、それを証明している。

生きにくい世の中である。自由で豊かな社会は、目標がある人には素晴らしいけれど、何をやっていいのかわからない人にとっては、これほど厄介《やっかい》なことはない。大半の人は後者、もちろん私もそうだ。人は何かを成し遂げなければならない、いつからそんなことになったのだろう。

世界は言葉で溢《あふ》れかえっている。言葉は平易になり読み易くなっているにもかかわらず、本を読む人は減っているらしい。それはたぶん、文章が平易で読み易いからだと思う。読んでいる時に詰まったり、引っ掛かったりする、すなわち思考する行為がない読書はつまらない。つまらないものからは、自然と離れてしまう。仕方がないことだ。

知らない言葉に出会ったら、その意味を自らの手で調べる。そうして語彙《ごい》を増やしていく行為こそ、社会に参加することなんじゃないのかな。猫には猫という名前があるから猫なのだ。赤は赤、空は空、哀《かな》しみは哀しみ。たくさんの人と世界を共有するには、たくさんの言葉が必要だ。

世界は言葉で出来ている。そのために、人は言葉を覚える。勉強じゃないし、お金儲けや偉くなるためじゃない。言葉は、生きにくい社会で生きていくための武器なのだ。この本には、生きにくい人生を生きた人たちの言葉が詰まっている。

言葉のバトンを受け取ろうじゃありませんか。次の人たちに渡すためにね。

庄野雄治

目次

畜犬談

―伊《い》馬《ま》鵜《はる》平《べ》君に与える―

太宰治

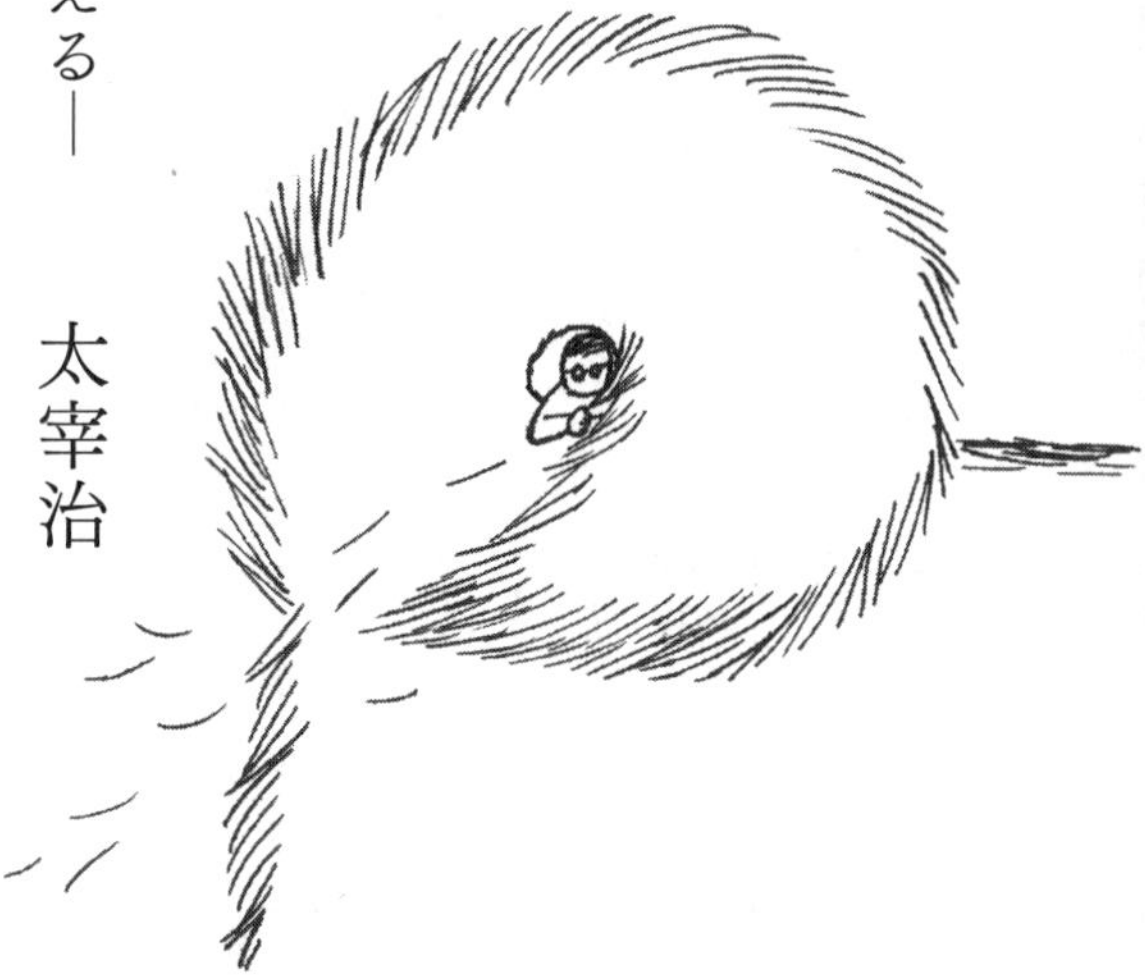

私は、犬については自信がある。いつの日か、必ず喰いつかれるであろうという自信である。私は、きっと噛まれるにちがいない。自信があるのである。よくぞ、きょうまで喰いつかれもせず無事に過ごして来たものだと不思議な気さえしているのである。諸君、犬は猛獣である。馬を斃《たお》し、たまさかには獅子《しし》と戦ってさえこれを征服するとかいうではないか。さもありなんと私はひとり淋《さび》しく首肯《しゅこう》しているのだ。あの犬の、鋭い牙《きば》を見るがよい。ただものでは無い。いまは、あのように街路で無心のふうを装い、とるに足らぬものの如《ごと》く自ら卑下《ひげ》して、芥箱《ごみばこ》を覗《のぞ》きまわったりなどして見せているが、もともと馬を斃すほどの猛獣である。いつなんどき、怒り狂い、その本性《ほんしょう》を暴露するか、わかったものでは無い。犬は必ず鎖に固くしばりつけて置くべきである。少しの油断もあってはならぬ。世の多くの飼い主は、自ら恐ろしき猛獣を養い、これに日々わずかの残飯を与えているという理由だけにて、全くこの猛獣に心をゆるし、エスや、エスやなど、気楽に呼んで、さながら家族の一員の如く身辺に近づかしめ、三歳のわが愛子をして、その猛獣の耳をぐいと引っぱらせて大笑いしている図にいたっては、戦慄《せんりつ》、眼を蓋《おお》わざるを得ないのである。不意に、わんと言って喰いついたら、どうする気だろう。気をつけなければならぬ。飼い主でさえ、噛みつかれぬとは保証でき難《がた》い猛獣を、（飼い主だから、絶対に喰いつかれぬということは愚《おろ》かな気のいい迷信に過ぎない。あの恐ろしい牙のある以上、必ず噛む。決して噛まないということは、科学的に証明できるはずは無いのである。）その猛獣を、放し飼いにして、往来《おうらい》をうろうろ徘徊《はいかい》させて置くとは、どんなものであろうか。昨年の晩秋、私の友人が、ついにこれの被害を受けた。いたましい犠牲者である。友人の話によると、友人は何もせず横丁を懐手《ふところで》してぶらぶら歩いていると、犬が道路上にちゃんと坐っていた。友人は、やはり何もせず、その犬の傍を通った。犬はその時、いやな横目を使ったという。何事もなく通りすぎた、とたん、わんと言って右の脚《あし》に喰いついたという。災難である。一瞬のことである。友人は、呆然自失《ぼうぜんじしつ》したという。ややあって、くやし涙が沸いて出た。さもありなん、と私は、やはり淋しく首肯している。そうなってしまったら、ほんとうに、どうしようも、無いではないか。友人は、痛む脚をひきずって病院へ行き手当てを受けた。それから二十一日間、病院へ通ったのである。三週間である。脚の傷がなおっても、体内に恐水病《きょうすいびょう》といういまわしい病気の毒があるいは注入されてあるかも知れぬという懸念から、その防毒の注射をしてもらわなければならぬのである。飼い主に談判《だんぱん》するなど、その友人の弱気をもってしては、とてもできぬことである。じっと堪えて、おのれの不運に溜息《ためいき》ついているだけなのである。しかも、注射代など決して安いものではなく、そのような余分の貯《たくわ》えは失礼ながら友人にあるはずもなく、いずれは苦しい算段をしたにちがいないので、とにかくこれは、ひどい災難である。大災難である。また、うっかり注射でも怠《おこた》ろうものなら、恐水病といって、発熱悩乱《のうらん》の苦しみあって、果ては貌《かお》が犬に似て来て、四つ這《ば》いになり、ただわんわんと吠ゆるばかりだという、そんな凄惨《せいさん》な病気になるかも知れないということなのである。注射を受けながらの、友人の憂慮《ゆうりょ》、不安は、どんなだったろう。友人は苦労人で、ちゃんとできた人であるから、醜《みにく》く取り乱すことも無く、三七、二十一日病院に通い、注射を受けて、いまは元気に立ち働いているが、もしこれが私だったら、その犬、生かして置かないだろう。私は、人の三倍も四倍も復讐《ふくしゅう》心の強い男なのであるから、また、そうなると人の五倍も六倍も残忍性を発揮してしまう男なのであるから、たちどころにその犬の頭蓋骨《ずがいこつ》を、めちゃめちゃに粉砕《ふんさい》し、眼玉をくり抜き、ぐしゃぐしゃに噛んで、べっと吐き捨て、それでも足りずに近所近辺の飼い犬ことごとく毒殺してしまうであろう。こちらが何もせぬのに、突然わんと言って噛みつくとはなんという無礼、狂暴の仕草であろう。いかに畜生《ちくしょう》といえども許しがたい。畜生ふびんの故《ゆえ》をもって、人はこれを甘やかしているからいけないのだ。容赦《ようしゃ》なく酷刑《こっけい》に処すべきである。昨秋、友人の遭難を聞いて、私の畜犬《ちくけん》に対する日頃の憎悪《ぞうお》は、その極点に達した。青い焔《ほのお》が燃え上がるほどの、思いつめたる憎悪である。

　ことしの正月、山梨県、甲府のまちはずれに八畳、三畳、一畳という草庵《そうあん》を借り、こっそり隠れるように住み込み、下手な小説あくせく書きすすめていたのであるが、この甲府のまち、どこへ行っても犬がいる。おびただしいのである。往来に、あるいは佇《たたず》み、あるいはながながと寝そべり、あるいは疾駆《しっく》し、あるいは牙を光らせて吠え立て、ちょっとした空地でもあると必ずそこは野犬の巣の如く、組んずほぐれつ格闘の稽古にふけり、夜など無人の街路を風の如く野盗《やとう》の如く、ぞろぞろ大群をなして縦横に駈《か》け廻っている。甲府の家ごと、家ごと、少なくとも二匹くらいずつ養っているのではないかと思われるほどに、おびただしい数である。山梨県は、もともと甲斐《かい》犬の産地として知られている様であるが、街頭で見かける犬の姿は、決してそんな純血種のものではない。赤いムク犬が最も多い。採《と》るところ無きあさはかな駄犬《だけん》ばかりである。もとより私は畜犬に対しては含むところがあり、また友人の遭難以来いっそう嫌悪《けんお》の念を増し、警戒おさおさ怠るものではなかったのであるが、こんなに犬がうようよいて、どこの横丁にでも跳梁《ちょうりょう》し、あるいはとぐろを巻いて悠然《ゆうぜん》と寝ているのでは、とても用心し切れるものでなかった。私は実に苦心をした。できることなら、すね当て、こて当て、かぶとをかぶって街を歩きたく思ったのである。けれども、そのような姿は、いかにも異様であり、風紀上からいっても、決して許されるものでは無いのだから、私は別の手段をとらなければならぬ。私は、まじめに、真剣に、対策を考えた。私はまず犬の心理を研究した。人間については、私もいささか心得があり、たまには的確に、あやまたず指定できたことなどもあったのであるが、犬の心理は、なかなかむずかしい。人の言葉が、犬と人との感情交流にどれだけ役立つものか、それが第一の難問である。言葉が役に立たぬとすれば、お互いの素振《そぶ》り、表情を読み取るより他に無い。しっぽの動きなどは、重大である。けれども、この、しっぽの動きも、注意して見ていると仲々《なかなか》に複雑で、容易に読み切れるものでは無い。私は、ほとんど絶望した。そうして、甚《はなは》だ拙劣《せつれつ》な、無能きわまる一法を案出した。あわれな窮余《きゅうよ》の一策である。私は、とにかく、犬に出逢うと、満面に微笑を湛《たた》えて、いささかも害心のないことを示すことにした。夜は、その微笑が見えないかも知れないから、無邪気《むじゃき》に童謡を口ずさみ、やさしい人間であることを知らせようと努めた。これらは、多少、効果があったような気がする。犬は私には、いまだ飛びかかって来ない。けれどもあくまで油断は禁物である。犬の傍を通る時は、どんなに恐ろしくても、絶対に走ってはならぬ。にこにこ卑《いや》しい追従《ついしょう》笑いを浮かべて、無心そうに首を振り、ゆっくりゆっくり、内心、背中に毛虫が十匹這っているような窒息せんばかりの悪寒《おかん》にやられながらも、ゆっくりゆっくり通るのである。つくづく自身の卑屈《ひくつ》がいやになる。泣きたいほどの自己嫌悪を覚えるのであるが、これを行わないと、たちまち噛みつかれるような気がして、私は、あらゆる犬にあわれな挨拶《あいさつ》を試みる。髪をあまりに長く伸ばしていると、あるいはウロンの者として吠えられるかも知れないから、あれほどいやだった床屋へも精出して行くことにした。ステッキなど持って歩くと、犬のほうで威嚇《いかく》の武器と勘ちがいして、反抗心を起こすようなことがあってはならぬから、ステッキは永遠に廃棄することにした。犬の心理を計りかねて、ただ行き当たりばったり、無闇《むやみ》矢鱈《やたら》にご機嫌とっているうちに、ここに意外の現象が現れた。私は、犬に好かれてしまったのである。尾を振って、ぞろぞろ後について来る。私は、地団駄《じだんだ》踏んだ。実に皮肉である。かねがね私の、こころよからず思い、また最近にいたっては憎悪の極点にまで達している、その当の畜犬に好かれるくらいならば、いっそ私は駱駝《らくだ》に慕《した》われたいほどである。どんな悪女にでも、好かれて気持ちの悪いはずはない、というのはそれは浅薄《せんぱく》の想定である。プライドが、虫が、どうしてもそれを許容できない場合がある。堪忍《かんにん》ならぬのである。私は、犬をきらいなのである。早くからその狂暴の猛獣性を看破《かんぱ》し、こころよからず思っているのである。たかだか日に一度や二度の残飯の投与にあずからんがために、友を売り、妻を離別し、おのれの身ひとつ、家の軒下に横たえ、忠義顔して、かつての友に吠え、兄弟、父母をも、けろりと忘却《ぼうきゃく》し、ただひたすらに飼主の顔色を伺い、阿諛《あゆ》追従てんとして恥じず、ぶたれても、きゃんと言い尻尾《しっぽ》まいて閉口《へいこう》して見せて、家人を笑わせ、その精神の卑劣《ひれつ》、醜怪《しゅうかい》、犬畜生とは、よくも言った。日に十里を楽々と走破し得る健脚を有し、獅子をも斃す白光鋭利《はっこうえいり》の牙を持ちながら、懶惰無頼《らんだぶらい》の腐り果てたいやしい根性をはばからず発揮し、一片の矜持《きょうじ》無く、てもなく人間界に屈服し、隷属《れいぞく》し、同族互いに敵視して、顔つき合わせると吠え合い、噛み合い、もって人間のご機嫌を取り結ぼうと努めている。雀《すずめ》を見よ。何ひとつ武器を持たぬ繊弱《せんじゃく》の小禽《しょうきん》ながら、自由を確保し、人間界とは全く別個の小社会を営み、同類相親しみ、欣然《きんぜん》日々の貧しい生活を歌い楽しんでいるではないか。思えば、思うほど、犬は不潔だ。犬はいやだ。なんだか自分に似ているところさえあるような気がして、いよいよ、いやだ。たまらないのである。その犬が、私を特に好んで、尾を振って親愛の情を表明して来るに及んでは、狼狽《ろうばい》とも、無念とも、なんとも、言いようがない。あまりに犬の猛獣性を畏敬《いけい》し、買いかぶり節度もなく媚笑《びしょう》を撒《ま》きちらして歩いたゆえ、犬は、かえって知己《ちき》を得たものと誤解し、私を組みし易《やす》しと見てとって、このような情けない結果に立ちいたったのであろうが、何事によらず、ものには節度が大切である。私は、未だに、どうも、節度を知らぬ。

早春のこと。夕食の少しまえに、私はすぐ近くの四十九聯隊《れんたい》の練兵場へ散歩に出て、二、三の犬が私のあとについて来て、いまにも踵《かかと》をがぶりとやられはせぬかと生きた気もせず、けれども毎度のことであり、観念して無心平生《むしんへいぜい》を装い、ぱっと脱兎《だっと》の如く走り逃げたい衝動を懸命に抑《おさ》え抑え、ぶらりぶらり歩いた。犬は私について来ながら、途々《みちみち》お互いに喧嘩《けんか》などはじめて、私は、わざと振りかえって見もせず、知らぬふりして歩いているのだが、内心、実に閉口であった。ピストルでもあったなら、躊躇《ちゅうちょ》せずドカンドカンと射殺してしまいたい気持ちであった。犬は、私にそのような、外面如菩薩《げめんにょぼさつ》、内心如夜叉《ないしんにょやしゃ》的の奸佞《かんねい》の害心があるとも知らず、どこまでもついて来る。練兵場をぐるりと一廻りして、私はやはり犬に慕われながら帰途《きと》についた。家へ帰りつくまでには、背後の犬もどこかへ雲散霧消《うんさんむしょう》しているのが、これまでの、しきたりであったのだが、その日に限って、ひどく執拗《しつよう》で馴《な》れ馴れしいのが一匹いた。真黒の、見るかげもない小犬である。ずいぶん小さい。胴の長さ五寸《すん》の感じである。けれども、小さいからと言って油断はできない。歯は、既にちゃんと生えそろっているはずである。噛まれたら病院に三、七、二十一日間通わなければならぬ。それにこのような幼少なものには常識がないから、したがって気まぐれである。いっそう用心をしなければならぬ。小犬は後になり、さきになり、私の顔を振り仰《あお》ぎ、よたよた走って、とうとう私の家の玄関まで、ついて来た。

「おい。へんなものが、ついて来たよ。」

「おや、可愛い。」

「可愛いもんか。追っ払ってくれ、手荒くすると喰いつくぜ。お菓子でもやって。」

れいの私の軟弱外交である。小犬は、たちまち私の内心畏怖《いふ》の情を見抜き、それにつけ込み、図々しくもそれから、ずるずる私の家に住みこんでしまった。そうしてこの犬は、三月、四月、五月、六、七、八、そろそろ秋風吹きはじめて来た現在にいたるまで、私の家にいるのである。私は、この犬には、幾度泣かされたかわからない。どうにも始末ができないのである。私は仕方なく、この犬を、ポチなどと呼んでいるのであるが、半年も共に住んでいながら、いまだに私は、このポチを、一家のものとは思えない。他人の気がするのである。しっくり行かない。不和である。お互い心理の読み合いに火花を散らして戦っている。そうしてお互い、どうしても釈然と笑い合うことができないのである。

はじめこの家にやって来たころは、まだ子供で、地べたの蟻《あり》を不審そうに観察したり、蝦蟇《がま》を恐れて悲鳴を挙げたり、その様には私も思わず失笑することがあって、憎《にく》いやつであるが、これも神様の御心《みこころ》によってこの家へ迷い込んで来ることになったのかも知れぬと、縁の下に寝床を作ってやったし、食い物も乳幼児むきに軟らかく煮て与えてやったし、蚤《のみ》取り粉などからだに振りかけてやったものだ。けれども、ひとつき経つと、もういけない。そろそろ駄犬の本領を発揮して来た。いやしい。もともと、この犬は練兵場の隅に捨てられてあったものにちがいない。私のあの散歩の帰途、私にまつわりつくようにしてついて来て、その時は、見るかげも無く痩《や》せこけて、毛も抜けていてお尻の部分は、ほとんど全部禿《は》げていた。私だからこそ、これに菓子を与え、おかゆを作り、荒い言葉一つ掛けるではなし、腫《は》れものにさわるように鄭重《ていちょう》にもてなして上げたのだ。他の人だったら、足蹴《あしげ》にして追い散らしてしまったにちがいない。私のそんな親切なもてなしも、内実は、犬に対する愛情からではなく、犬に対する先天的な憎悪と恐怖から発した老獪《ろうかい》な駈け引きに過ぎないのであるが、けれども私のおかげで、このポチは、毛並もととのい、どうやら一人まえの男の犬に成長することを得たのではないか。私は恩を売る気はもうとう無いけれども、少しは私たちにも何か楽しみを与えてくれてもよさそうに思われるのであるが、やはり捨て犬は駄目《だめ》なものである。大めし食って、食後の運動のつもりであろうか、下駄《げた》をおもちゃにして無残《むざん》に噛み破り、庭に干してある洗濯物を要らぬ世話して引きずりおろし、泥まみれにする。

「こういう冗談はしないでおくれ。実に、困るのだ。誰が君に、こんなことをしてくれとたのみましたか?」と、私は、内に針を含んだ言葉を、精いっぱい優しく、いや味をきかせて言ってやることもあるのだが、犬は、きょろりと眼を動かし、いや味を言い聞かせている当の私にじゃれかかる。なんという甘ったれた精神であろう。私はこの犬の鉄面皮《てつめんぴ》には、ひそかに呆《あき》れ、これを軽蔑《けいべつ》さえしたのである。長ずるに及んで、いよいよこの犬の無能が暴露された。だいいち、形がよくない。幼少のころには、も少し形の均斉《きんせい》もとれていて、あるいは優れた血が雑《ま》じっているのかも知れぬと思わせるところあったのであるが、それは真っ赤ないつわりであった。胴だけが、にょきにょき長く伸びて、手足がいちじるしく短い。亀のようである。見られたものでなかった。そのような醜い形をして、私が外出すれば必ず影の如くちゃんと私につき従い、少年少女までが、やあ、へんてこな犬じゃと指さして笑うこともあり、多少見栄坊《みえぼう》の私は、いくら澄まして歩いても、なんにもならなくなるのである。いっそ他人のふりをしようと早足に歩いてみても、ポチは私の傍を離れず、私の顔を振り仰ぎ振り仰ぎ、あとになり、さきになり、からみつくようにしてついて来るのだから、どうしたって二人は他人のようには見えまい。気心の合った主従としか見えまい。おかげで私は外出のたびごとに、ずいぶん暗い憂鬱《ゆううつ》な気持ちにさせられた。いい修行になったのである。ただ、そうして、ついて歩いていたころは、まだよかった。そのうちにいよいよ隠してあった猛獣の本性を暴露して来た。喧嘩格闘を好むようになったのである。私のお伴《とも》をして、まちを歩いて行き逢う犬、行き逢う犬、すべてに挨拶して通るのである。つまりかたっぱしから喧嘩して通るのである。ポチは足も短く、若年でありながら、喧嘩は相当強いようである。空地の犬の巣に踏みこんで、一時に五匹の犬を相手に戦ったときは流石《さすが》に危うく見えたが、それでも巧《たく》みに身をかわして難を避けた。非常な自信をもって、どんな犬にでも飛びかかって行く。たまには勢い負けして、吠えながらじりじり退却することもある。声が悲鳴に近くなり、真っ黒い顔が蒼《あお》黒くなって来る。いちど小牛のようなシェパアドに飛びかかっていって、あのときは、私が蒼くなった。果たして、ひとたまりも無かった。前足でころころポチをおもちゃにして、本気につき合ってくれなかったのでポチも命が助かった。犬は、いちどあんなひどいめに逢うと、大へん意気地がなくなるものらしい。ポチは、それからは眼に見えて、喧嘩を避けるようになった。それに私は、喧嘩を好まず、否、好まぬどころではない、往来で野獣の組み打ちを放置し許容しているなどは、文明国の恥辱《ちじょく》と信じているので、かの耳を聾《ろう》せんばかりのけんけんごうごう、きゃんきゃんの犬の野蛮《やばん》のわめき声には、殺してもなおあき足らない憤怒《ふんぬ》と憎悪を感じているのである。私はポチを愛してはいない。恐れ、憎んでこそいるが、みじんも愛しては、いない。死んでくれたらいいと思っている。私にのこのこついて来て、何かそれが飼われているものの義務とでも思っているのか、途で逢う犬、逢う犬、必ず凄惨に吠え合って、主人としての私は、そのときどんなに恐怖にわななき震えていることか。自動車呼びとめて、それに乗ってドアをばたんと閉じ、一目散《いちもくさん》に逃げ去りたい気持ちなのである。犬同士の組み打ちで終わるべきものなら、まだしも、もし敵の犬が血迷って、ポチの主人の私に飛びかかって来るようなことがあったら、どうする。ないとは言わせぬ。血に飢えたる猛獣である。何をするか、わかったものでない。私はむごたらしく噛み裂かれ、三七、二十一日間病院に通わなければならぬ。犬の喧嘩は、地獄である。私は、機会あるごとにポチに言い聞かせた。

「喧嘩しては、いけないよ。喧嘩するなら、僕からはるか離れたところで、してもらいたい。僕は、おまえを好いてはいないんだ。」

少し、ポチにもわかるらしいのである。そう言われると多少しょげる。いよいよ私は犬を、薄気味わるいものに思った。その私の繰り返し繰り返し言った忠告が効を奏したのか、あるいは、かのシェパアドとの一戦にぶざまな惨敗《ざんぱい》を喫《きっ》したせいか、ポチ

は、卑屈なほど柔弱《にゅうじゃく》な態度をとりはじめた。私と一緒に路《みち》を歩いて、他の犬がポチに吠えかけると、ポチは、

「ああ、いやだ、いやだ。野蛮ですねえ。」

と言わんばかり、ひたすら私の気に入られようと上品ぶって、ぶるっと胴震《どうぶる》いさせたり、相手の犬を、仕方のないやつだね、とさもさも憐《あわ》れむように流し目で見て、そうして、私の顔色を伺い、へっへっへっと卑しい追従笑いするかの如く、その様子のいやらしいったら無かった。

「一つも、いいところないじゃないか、こいつは。ひとの顔色ばかり伺っていやがる。」

「あなたが、あまり、へんにかまうからですよ。」家内は、はじめからポチに無関心であった。洗濯物など汚されたときはぶつぶつ言うが、あとはけろりとして、ポチポチと呼んで、めしを食わせたりなどしている。「性格が破産しちゃったんじゃないかしら。」と笑っている。

「飼い主に、似て来たというわけかね。」私は、いよいよ、にがにがしく思った。

七月にはいって、異変が起こった。私たちは、やっと、東京の三鷹《みたか》村に、建築最中

の小さい家を見つけることができて、それの完成し次第、一ヶ月二十四円で貸してもらえるように、家主と契約の証書交わして、そろそろ移転の仕度《したく》をはじめた。家ができ上がると、家主から速達で通知が来ることになっていたのである。ポチは、勿論《もちろん》、捨てて行かれることになっていたのである。

「連れて行ったって、いいのに。」家内は、やはりポチをあまり問題にしていない。どちらでもいいのである。

「だめだ。僕は、可愛いから養っているんじゃないんだよ。犬に復讐されるのが、こわいから、仕方なくそっとして置いてやっているのだ。わからんかね。」

「でも、ちょっとポチが見えなくなると、ポチはどこへ行ったろう、どこへ行ったろうと大騒ぎじゃないの。」

「いなくなると、いっそう薄気味が悪いからさ。僕に隠れて、ひそかに同志を糾合《きゅうごう》しているのかもわからない。あいつは、僕に軽蔑されていることを知っているんだ。復讐心が強いそうだからなあ、犬は。」

いまこそ絶好の機会であると思っていた。この犬をこのまま忘れたふりして、ここへ置いて、さっさと汽車に乗って東京へ行ってしまえば、まさか犬も、笹子峠《ささごとうげ》を越えて三鷹村まで追いかけて来ることはなかろう。私たちは、ポチを捨てたのではない。全くうっかりして連れて行くことを忘れたのである。罪にはならない。またポチに恨《うら》まれる筋合いも無い。復讐されるわけはない。

「大丈夫だろうね。置いていっても、飢え死にするようなことはないだろうね。死霊《しりょう》の祟《たた》りということもあるからね。」

「もともと、捨て犬だったんですもの。」家内も、少し不安になった様子である。

「そうだね。飢え死にすることはないだろう。なんとか、うまくやって行くだろう。あんな犬、東京へ連れて行ったんじゃ、僕は友人に対して恥ずかしいんだ。胴が長すぎる。みっともないねえ。」

ポチは、やはり置いて行かれることに、確定した。すると、ここに異変が起こった。ポチが、皮膚病にやられちゃった。これが、またひどいのである。さすがに形容をはばかるが、惨状《さんじょう》、眼をそむけしむるものがあったのである。折からの炎熱《えんねつ》と共に、ただならぬ悪臭を放つようになった。こんどは家内が、まいってしまった。

「ご近所にわるいわ。殺して下さい。」女は、こうなると男よりも冷酷で、度胸《どきょう》がいい。

「殺すのか?」私は、ぎょっとした。「も少しの我慢じゃないか。」

私たちは、三鷹の家主からの速達を一心に待っていた。七月末には、できるでしょうという家主の言葉であったのだが、七月もそろそろおしまいになりかけて、きょうか明日かと、引っ越しの荷物もまとめてしまって待機していたのであったが、仲々、通知が来ないのである。問い合わせの手紙を出したりなどしている時に、ポチの皮膚病がはじまったのである。見れば、見るほど、酸鼻《さんび》の極みである。ポチも、いまは流石に、おのれの醜い姿を恥じている様子で、とかく暗闇《くらやみ》の場所を好むようになり、たまに玄関の日当たりのいい敷石の上で、ぐったり寝そべっていることがあっても、私が、それを見つけて、

「わあ、ひでえなあ。」と罵倒《ばとう》すると、いそいで立ち上がって首を垂《た》れ、閉口したようにこそこそ縁の下にもぐり込んでしまうのである。

それでも私が外出するときには、どこからともなく足音忍ばせて出て来て、私について来ようとする。こんな化け物みたいなものに、ついて来られて、たまるものか、とその都度、私は、だまってポチを見つめてやる。あざけりの笑いを口角《くちもと》にまざまざと浮かべて、なんぼでもポチを見つめてやる。これは大へんききめがあった。ポチは、おのれの醜い姿にハッと思い当たる様子で、首を垂れ、しおしおどこかへ姿を隠す。

「とっても、我慢ができないの。私まで、むず痒《がゆ》くなって。」家内は、ときどき私に相談する。「なるべく見ないように努めているんだけれど、いちど見ちゃったら、もう駄目ね。夢の中にまで出て来るんだもの。」

「まあ、もうすこしの我慢だ。」がまんするより他はないと思った。たとえ病んでいるとはいっても、相手は一種の猛獣である。下手に触ったら噛みつかれる。「明日にでも、三鷹から、返事が来るだろう。引っ越してしまったら、それっきりじゃないか。」

三鷹の家主から返事が来た。読んで、がっかりした。雨が降りつづいて壁が乾かず、また人手も不足で、完成までには、もう十日くらいかかる見込み、というのであった。うんざりした。ポチから逃《のが》れるためだけでも、早く、引っ越してしまいたかったのだ。私は、へんな焦躁《しょうそう》感で、仕事も手につかず、雑誌を読んだり、酒を呑《の》んだりした。ポチの皮膚病は一日一日ひどくなっていって、私の皮膚も、なんだか、しきりに痒くなって来た。深夜、戸外でポチが、ばたばたばた痒さに身悶《みもだ》えしている物音に、幾度ぞっとさせられたかわからない。たまらない気がした。いっそひと思いにと、狂暴な発作に駆《か》られることも、しばしばあった。家主からは、更《さら》に二十日待て、と手紙が来て、私のごちゃごちゃの忿懣《ふんまん》が、たちまち手近のポチに結びついて、こいつあるがために、このように諸事円滑にすすまないのだ、と何もかも悪いことは皆、ポチのせいみたいに考えられ、奇妙にポチを呪咀《じゅそ》し、ある夜、私の寝巻きに犬の蚤が伝播《でんぱ》されてあることを発見するに及んで、ついにそれまで堪えに堪えて来た怒りが爆発し、私は、ひそかに重大の決意をした。

殺そうと思ったのである。相手は恐るべき猛獣である。常の私だったら、こんな乱暴な決意は、逆立ちしたってなし得なかったところのものなのであったが、盆地特有の酷暑《こくしょ》で、少しへんになっていた矢先であったし、また、毎日、何もせず、ただぽかんと家主からの速達を待っていて、死ぬほど退屈な日々を送って、むしゃくしゃいらいら、おまけに不眠も手伝って発狂状態であったのだから、たまらない。その犬の蚤を発見した夜、ただちに家内をして牛肉の大片《おおぎれ》を買いに走らせ、私は、薬屋に行きある種の薬品を少量、買い求めた。これで用意はできた。家内は少なからず興奮していた。私たち鬼夫婦は、その夜、鳩首《きゅうしゅ》して小声で相談した。

翌《あく》る朝、四時に私は起きた。目覚まし時計を掛けて置いたのであるが、それの鳴り出さぬうちに、眼が覚めてしまった。しらじらと明《あ》けていた。肌寒いほどであった。私は竹の皮包みをさげて外へ出た。

「おしまいまで見ていないですぐお帰りになるといいわ。」家内は玄関の式台に立って見送り、落ち付いていた。

「心得ている。ポチ、来い！」

ポチは尾を振って縁の下から出て来た。

「来い、来い！」私は、さっさと歩き出した。きょうは、あんな、意地悪くポチの姿を見つめるようなことはしないので、ポチも自身の醜さを忘れて、いそいそ私について来た。霧《きり》が深い。まちはひっそり眠っている。私は、練兵場へいそいだ。途中、おそろしく大きい赤毛の犬が、ポチに向かって猛烈《もうれつ》に吠えたてた。ポチは、れいによって上品ぶった態度を示し、何を騒いでいるのかね、とでも言いたげな蔑視《べっし》をちらとその赤毛の犬にくれただけで、さっさとその面前《めんぜん》を通過した。赤毛は、卑劣である。無法にもポチの背後から、風の如く襲いかかり、ポチの寒しげな睾丸《こうがん》をねらった。ポチは、咄嗟《とっさ》にくるりと向き直ったが、ちょっと躊躇し、私の顔色をそっと伺った。

「やれ！」私は大声で命令した。「赤毛は卑怯《ひきょう》だ！　思う存分やれ！」

ゆるしが出たのでポチは、ぶるんと一つ大きく胴震いして、弾丸の如く赤犬のふところに飛び込んだ。たちまち、けんけんごうごう、二匹は一つの手毬《てまり》みたいになって、格闘した。赤毛は、ポチの倍ほども大きい図体をしていたが、だめであった。ほどなく、きゃんきゃん悲鳴を挙げて敗退した。おまけにポチの皮膚病までうつされたかもわからない。ばかなやつだ。

喧嘩が終わって、私は、ほっとした。文字どおり手に汗して眺めていたのである。一時は二匹の犬の格闘に巻きこまれて、私も共に死ぬるような気さえしていた。おれは噛み殺されたっていいんだ。ポチよ、思う存分、喧嘩をしろ！　と異様に力《りき》んでいたのであった。ポチは、逃げて行く赤毛を少し追いかけ、立ちどまって、私の顔色をちらと伺い、急にしょげて、首を垂れすごすご私のほうへ引き返して来た。

「よし！　強いぞ。」ほめてやって私は歩き出し、橋をかたかた渡って、ここはもう練兵場である。

むかしポチは、この練兵場に捨てられた。だからいま、また、この練兵場へ帰って来たのだ。おまえのふるさとで死ぬがよい。

私は立ちどまり、ぼとりと牛肉の大片を私の足もとへ落として、

「ポチ、食え。」私はポチを見たくなかった。ぼんやりそこに立ったまま、「ポチ、食え。」

足もとで、ぺちゃぺちゃ食べている音がする。一分たたぬうちに死ぬはずだ。

私は猫背になって、のろのろ歩いた。霧が深い。ほんのちかくの山が、ぼんやり黒く見えるだけだ。南アルプス連峰《れんぽう》も、富士山も、何も見えない。朝露で、下駄がびしょぬれである。私はいっそうひどい猫背になって、のろのろ帰途についた。橋を渡り、中学校のまえまで来て、振り向くとポチが、ちゃんといた。面目無げに、首を垂れ、私の視線をそっとそらした。

私も、もう大人である。いたずらな感傷は無かった。すぐ事態を察知した。薬品が効かなかったのだ。うなずいて、もうすでに私は、白紙還元である。家へ帰って、

「だめだよ。薬が効かないのだ。ゆるしてやろうよ。あいつには、罪が無かったんだぜ。芸術家は、もともと弱い者の味方だったはずなんだ。」私は、途中で考えて来たことをそのまま言ってみた。「弱者の友なんだ。芸術家にとって、これが出発で、また最高の目的なんだ。こんな単純なこと、僕は忘れていた。僕だけじゃない。みんなが、忘れているんだ。僕は、ポチを東京へ連れて行こうと思うよ。友達がもしポチの恰好《かっこう》を笑ったら、ぶん殴ってやる。卵あるかい？」

「ええ。」家内は、浮かぬ顔をしていた。

「ポチにやれ、二つあるなら、二つやれ。おまえも我慢しろ。皮膚病なんてのは、すぐなおるよ。」

「ええ。」家内は、やはり浮かぬ顔をしていた。

巴里のむす子へ

岡本かの子

巴里《パリ》の北の停車場でおまえと訣《わか》れてから、もう六年目になる。人は久しい歳月という。だが、私には永《なが》いのだか短いのだか判《わか》らない。あまりに日夜思い続ける私とおまえとの間には最早《もはや》直通の心の橋が出来ていて、歳月も距離も殆《ほとん》ど影響しないように感ぜられる。私たち二人は望みの時、その橋の上で出会うことが出来る。おまえはいつでも二十《はたち》の青年のむす子で、私はいつでも稚純《ちじゅん》な母。「だらしがないな、羽織《はおり》の襟《えり》が曲がってるよ、おかあさん、」「生意気いうよ、こどもの癖に、」二人は微笑して眺め合う。永劫《えいごう》の時間と空間は、その橋の下の風のように幽《かす》かに音を立てて吹き過ぎる。

二人の想いは宗教の神秘性にまで昂《たか》められている。恐らく生を更《か》え死を更えても変わるまい。だが、ふとしたことから、私は現実のおまえに気付かせられることがある。すると無暗《むやみ》に現実のおまえに会いたくなる。巴里が東京でないのが腹立たしくなる。

それはどういうときだというと、おまえに肖《に》た青年の後ろ姿を見たとき、おまえの家へ残して行った稽古用品や着古した着物が取り出されるとき。それから、思いがけなく、まるで違ったものからでもおまえを連想させられる。ぼんの窪《くぼ》のちぢりっ毛や、の太い率直な声音《こわね》、——これらも打撃だ。こういうとき、私は強い衝動に駆《か》られて、もし許さるるなら私は大声挙げて「タロー！　タロー！」と野でも山でも叫び廻りたい気がする。それが出来ないばかりに、私は涙ぐんで蹲《うずくま》りながらおまえの歌を詠《よ》む。

おまえがときどき「あんまり断片的の感想で、さっぱり判りませんね。もっと冷静に書いて寄越《よこ》して下さい」と苦り切った手紙を寄越さなければならないほどの感情にあふれた走り書きを私が郵送するのも多くそういうときである。だが、おまえが何といおうとも、私はこれからもおまえにああいう手紙を書き送る。何故《なぜ》ならば、それを止《や》めることは私にとって生理的にも悪い。

おまえは、健康で、着々、画業を進捗《しんちょく》していることは、そっちからの新聞雑誌で見るばかりでなく、この間来たクルト・セリグマン氏の口からも、または横光利一《よこみつりいち》さんの旅行文、読売の巴里特派員松尾邦之助《まつおくにのすけ》氏の日本の美術雑誌通信でも親しく見聞きして嬉しい。健気《けなげ》なむす子よと言い送りたい。年少で親を離れ異国の都で、よくも路《みち》を尋《たず》ね、向きを探って正しくも辿《たど》り行くものである。辛《つら》いこともあったろう。辱《はずかし》めも忍ばねばならなかったろう。いったい、おまえは私に似て情熱家肌の純情屋さんなのに、よくも、そこを矯め堪《た》えて、現実に生きる歩調に性情を鍛え直そうとした。

「おかあさん、感情家だけではいけませんよ。生きるという事実の上に根を置いて、冷酷なほどに思索の歩みを進めて下さい。」

お前は最近の手紙にこう書いた。私はおまえのいうことを素直に受け容《い》れる。だが、この言葉はまた、おまえ自身、頑《かたく》なな現実の壁に行き当たって、さまざまに苦しみ抜いた果ての体験から来る自戒の言葉ではあるまいか。とすれば、おまえの血と汗の籠《こも》った言葉だ。言葉は普通でも内容には沸々と熱いものが沸いている。戒《いまし》めとして永く大事にこの言葉の意味の自戒を保《も》ち合って行こう。

私たちがおまえを巴里へ残して来たことは、おまえの父の青年画学生時代の理想を子のおまえによって実現さすことであり、また、巴里は絵画の本場の道場だからである。しかし、無理をして勉強せよとも、是非偉くなれとも私たちは決して言わなかった。ただ分相応にその道に精進《しょうじん》すべきは人間の職分として当然のことであるとだけは言った。だのに、おまえはその本場の巴里で新画壇の世界的な作家達と並んで今やひとかどのことをやり出した。勿体《もったい》ない、私のような者の子によくもそんな男の子が……

…と言えば「あなたの肉体ではない、あなたの徹した母性愛が生んだのです」と人々もお前も、なおなお勿体ないことを言ってくれる。

私たちの一家は、親子三人芸術に関係している。都合のいいこともあれば都合の悪いこともある。しかし今更《いまさら》このことを喜憂《きゆう》しても始まらない。本能的なものが運命をそう招いたと思うより仕方がない。だが、すでにこの道に入った以上、左顧右眄《さこうべん》すべきではない。殉《じゅん》ずることこそ、発見の手段である。親も子もやるところまでやりましょう。芸術の道は、入るほど深く、また、ますます難しい。だが殉ずるところに刻々の発見がある。本格の芸術の使命は実に「生」を学び、「人間」を開顕《かいけん》して、新しき「いのち」を創造するところにある。かかるときにおいてはじめて芸術は人類に必需で、自他共に恵沢《けいたく》を与えられる仁術《じんじゅつ》となる。一時の人気や枝葉の美に戸惑ってはいけない。いっそやるなら、ここまで踏み入ることです。おまえは、うちの家族のことを芸術の挺身隊《ていしんたい》と言ったが、今こそ首肯《しゅこう》する。

私は、巴里から帰って来ておまえのことを話してくれる人ごとに必ず訊《き》く、

「タローは、少しは大きくなりましたか。」

すると、みんな答えてくれる。

「どうして、立派な一人前の方です。」

ほんとうにそうか、ほんとうにそうなのか。

私が訊いたのは何も背丈のことばかりではない。西洋人に伍《ご》して角逐《かくちく》出来る体力や気魄《きはく》について探りを入れたのである。

「むすこは巴里の花形画家で、おやじゃ野原のへぼ絵描き……」

こんな鼻唄をうたいながら、お父様はこの頃、何を思ったかおまえの美術学校時代の壊れた絵の具箱を肩に担いでときどき晴れた野原へ写生に出かける。黙ってはいられるが、おまえの懐かしさに堪えられないからであろう。

家庭料理の話

北大路魯山人

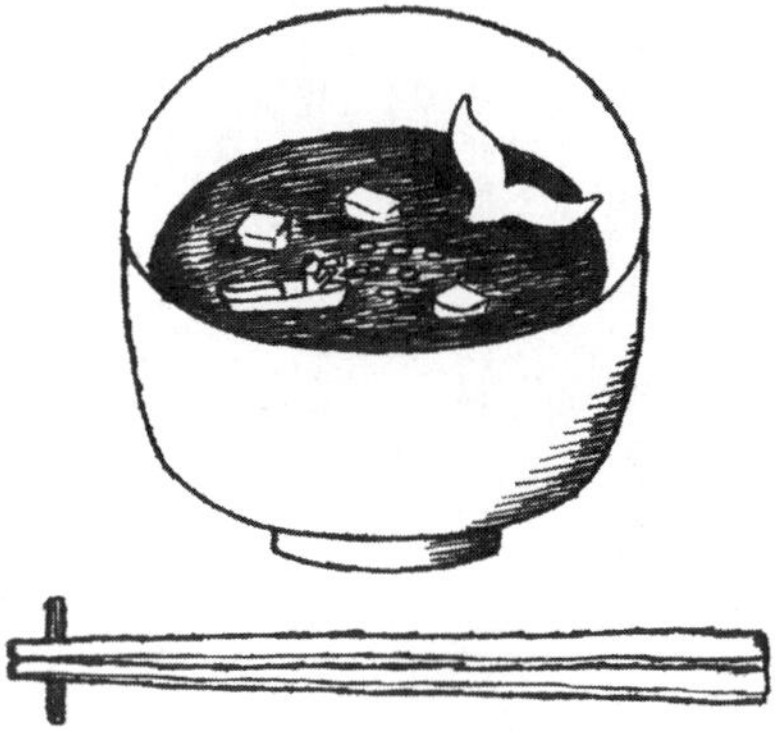

世間の人は、自分の身近にある有価値な、美味いものを利用することに無頓着《むとんじゃく》のようだ。

出盛《でさか》りのさんまより場違いのたいをご馳走《ちそう》と思い込む、卑《いや》しい陋習《ろうしゅう》から抜けきらないところに原因があるようだ。

「腐ってもたい」などという言葉は、うかうか聞いていると、諺《ことわざ》としてはちょっと面白いが、料理の方では大変な邪魔となって害がある。

また、料理人のつくったものなら、なんでも結構なお料理だなぞと、軽卒に考えるのも大変な考えなしであることを、私は特に言い添えておきたい。

なんとなれば、料理人は食道楽家ではない。みながみな有名人でもない。好き好んでやっているのでもない。味覚の天才というのも職人にはないようだ。私は多数の料理職人を注意して見て来たが、なんでもない人が多い。だから、料理道という「道」

とのかかわりはない。すべて出鱈目《でたらめ》だ。思いつきがあっても、低調で話にならない。正しい責任を持たない。鋭い五官などは働いていない。

第一、料理道楽、食道楽に金を使って知ったという経験を持たない。従って、床柱《とこばしら》を背に大尽《だいじん》振《ぶ》った食道楽がない。美食に非《あら》ずんば口にしないというような見識を備えていない。

これでは道理にかなった料理はできないのが当然である。一家の主人も主婦も、この点、くれぐれも心して、料理職人を買い被《かぶ》り過ぎてはいけない。

職業料理人のみにたより過ぎては、料理の発達は見られない。みずからの見識をもって、世の嘲笑《ちょうしょう》を買わないまでに料理道に目覚め、各人各様の栄養食を深く考え、食によって真の健康を勝ち得てもらいたい。

かつて畏友《いゆう》大村医博の話に、大倉喜八郎《おおくらきはちろう》氏の家に料理することの非常にうまい老女中がいて、ご当人もなかなかご自慢で、出入りの来客にも評判がいいと言うことだった。物好きな私は、一体どんな天才か、ひとつテストして見ようと思い、大村君を介して一度ご馳走になったことがあった。

ところが、失望させられたのである。なんでもない料理屋のする料理であったからだ。たいの活きづくりだとか、そのほか様々な形式のものが出たが、それは要するに、みなお出入りの料理屋から学んだままの料理であった。

それなら、どうしてそんなに評判になったかと言えば、大倉さんとしての自慢もあろう、大倉さんへのお世辞もあろう、素人《しろうと》にして玄人《くろうと》の真似ができるというだけを感心しての話なのであった。

これだけのことは自分の家内ではできない、女中ならなおさらできない、料理屋と同じじゃないか、と、この程度のお世辞が、その老女中の名を高からしめ、その料理は美味いと言うことに、下馬評《げばひょう》として決められたのである。

なるほど、素人にはできないことをやるから、ちょっと考えると、料理が上手だというふうに考えられる。しかし、その程度で世人《せじん》が満足して、それ以上料理を考えてみないとあっては、いつまでたっても、料理道に目が覚めないであろう。

大倉氏の自慢料理、そんな料理は一流どころの料理屋の板場に五年もいる料理人なら大概できる料理であって、虚飾《きょしょく》に終始した、なんでもないものである。仔細《しさい》に観察するならば、別にその老女中に一隻眼《いっせきがん》があっての仕事ではなく、もとより、その料理が真実の賞賛に価《あたい》するというものでもなかったのである。

素人のお婆さんというところに、ハンディキャップがついているのだ。重複するようだが、大倉さんはいわゆる自称美食家であろうから、常々自分の家に各所の料理人を呼んでは料理をつくらせたのであろう。それを見様見真似で、そのお婆さんが、いつか覚えてしまったというに過ぎない。

この話は、わけもなく毒舌に聞こえるかも知れないが、ここで言っておきたいのは、以上のような料理の真似は、華やかな宴会料理としては、一役買うものではあろうが、日常の家庭料理には関係が薄く、のみならず、そこから却《かえ》って有害を生みつつあるとも見られるのである。

宴会的な飾る物ではなく、身につく食事、薄っぺらな拵《こしら》えものではなく、魂のこもった料理、人間一心の親切からなる料理、人間をつくる料理でなければならないと思うのである。

料理も芸術であると、私が言い続けている理由も、実はここに存するのである。良寛《りょうかん》様が、料理人のつくった料理、書家の書、歌詠《よ》みの歌はいけないと言っておられるが、料理人が自分の庖丁《ほうちょう》の冴《さ》えを忘れて料理をつくるのも、書家が色を忘れて、ただ墨一色で書くのも、帰するところはひとつである。すべて人間の価値がそこに滲《にじ》み出て来るのである。要は人間だということになる。

更《さら》にことばを変えて言えば、日常料理は常に自分の身辺から新しい材料を選び、こみあげて来る真心でつくらなければならない。

この点、何事もそうであるが、例えば、近頃市場に盛んに出廻っている南氷洋《なんぴょうよう》の鯨《くじら》のベーコンなども、物慣れない人々によって、やれ臭いとか、不味《まず》いとか言って毛嫌いされているが、私など昔から鯨の美味を知っているので、好んでこれを入れた味噌汁を毎日賞味して飽きることを知らないくらいだ。しかも、百匁《もんめ》六十円見当という類のない安さである。安くて美味い。近頃こんな結構なことはないではないか。

要するに、材料の処理方法、料理の仕方を知らないから、宝の山に入りながらという次第で、大変な損失である。

これも日常食に対する教養の足りなさに由来するものと言えよう。

隣りの犬

向田邦子

霞町《かすみちょう》のアパートに住んでいた時分、近所の雄猫と知り合いになった。五歳位の大ぶりの白猫で、首輪には鈴の代わりにゴムの乳首を下げており、三太だか三太郎だか忘れたがそのての名前と電話番号が達筆で書いてあった。

威張っている癖に甘ったれで、声をかけると塀の上からドサリと飛び下り、喧嘩《けんか》を売るように体をぶつけたりでんぐり返りを打ったりする。じゃれている最中に、ふと他人に媚態《びたい》を示す己《おの》れに気づくのか、

「俺としたことが」

という風に急に態度を変え、殊更様子をつくって傲然《ごうぜん》と立ち去ることもあったが、何しろぶら下げているのが乳首だから、おかしくて仕方がない。出がけにこの猫に逢うと、今日一日いいことがありそうで心が弾んだものだった。

自分のところで犬や猫を飼っていながら、よその犬や猫を可愛がるのは、多少うし

ろめたいところがある。『伽哩伽《かりか》』(私の飼い猫の名前)にすまない、と思いながら、十四寄れば十四違う面白さを味わうのはひそやかな楽しみで、浮気をする男の気持ちが判ったような気がした。

七年の間に、近所の犬猫とは大方昵懇《じっこん》になったが、隣りの犬だけは駄目だった。見映えのしない茶色の雑種で、庭の隅の木につながれていた。垣根越しに手を出すと、痩《や》せた体を丸め、艶《つや》のないそそけ立った毛を逆立てて吠えた。餌は饐《す》えて蠅がたかり空き缶には水の入ってないことが多かった。

隣りの家はかなり大きなしもた家で、役所関係の、寮というのだろうか、宴会を引き受けているらしかった。昼間は人声もしないが、日が暮れると座敷に灯がともり、酔った男たちのざわめきが聞こえた。犬は宴会が終わるまで餌を与えられないと見え、軍歌や手拍子にまじって、クンクンと鼻をならすのが聞こえていた。

こんなことが二年もつづいたろうか。

突然家族が夜逃げをしてしまったのである。勘定を踏み倒された出入りの商人が、肉屋は冷蔵庫、酒屋はテレビという具合に家財道具を運び去り、残ったのは強制執行の札を貼った古い家と犬だけであった。

犬はつながれたまま、庭にほうり出された床の抜けた畳の上に坐っていた。狂ったように昼も夜も泣きつづけた。近所から安眠妨害の声が出たのが、一週間目に保健所へ連れてゆかれることになった。

その朝、私は鯵《あじ》を焼き、牛乳と一緒に垣根の奥に棒で押し込んだ。犬はいつもより更に激しく吠え立てた。夕方、用達から戻った時、畳の上に犬の姿はなく、鯵は親骨だけが残っていた。私は、この犬の名前を知らなかった。名前を呼ばれ可愛がられるのを一度も見たことがなかった。

私は友人達を電話で呼び出し、六本木でお酒を飲んで騒いだ。犬の話はしなかったが、騒いでいるうちに無闇《むやみ》に腹が立ち、つまらないことで人に突っかかって、悪いお酒になってしまった。

立春の卵

中谷宇吉郎

立春《りっしゅん》の時に卵が立つという話は、近来にない愉快《ゆかい》な話であった。

二月六日の各新聞は、写真入りで大々的にこの新発見を報道している。もちろんこれはある意味では全紙面を割《さ》いてもいいくらいの大事件なのである。

昔から「コロンブスの卵」という諺《ことわざ》があるくらいで、世界的の問題であったのが、この日に解決されたわけである。というよりも、立春の時刻に卵が立つというのがもし本統《ほんとう》ならば、地球の廻転か何かに今まで知られなかった特異の現象が隠されているのか、あるいは何か卵のもつ生命に秘められた神秘的な力によるということになるであろう。それで人類文化史上の一懸案がこれで解決されたというよりも、現代科学に挑戦する一新奇現象が、突如《とつじょ》として原子力時代の人類の眼の前に現出してきたことになる。

ところで、事実そういう現象が実在することが立証されたのである。朝日新聞は、中央気象台の予報室で、新鋭な科学者たちが大勢集まって、この実験をしている写真をのせている。九つの卵が滑《なめ》らかな木の机の上にちゃんと立っている写真である。毎日新聞では、日比谷のあるビルで、タイピスト嬢が、タイプライター台の上に、十個の卵を立てている写真をのせている。札幌の新聞にも、裏返しにしたお盆の上に、五つの卵が立っている写真が出ていた。これではこの現象自身は、どうしても否定することは出来ない。

もっともこの現象は、こういう写真を見せられなくても、簡単に嘘だろうとは片付けられない問題である。というのは、上海《シャンハイ》ではこの話が今年の立春の二三日前から、大問題になり、今年の立春の機を逸《いっ》せずこの実験をしてみようと、われもわれもと卵を買い集めたために、一個五十元《げん》の卵が一躍《いちやく》六百元にはね上がったそうである。それくらい世の中を騒がした問題であるから、まんざら根も葉もない話でないことは確かである。

朝日新聞の記事によると、この立春に卵が立つ話は、中国の現紐育《ニューヨーク》総領事張平群氏が、支那《しな》の古書『天賢』と『秘密の万華鏡《まんげきょう》』という本から発見したものだそうである。そして、国民党宣伝部の魏氏が一九四五年即《すなわ》ち一昨年の立春に、重慶《じゅうけい》でUP特派員ランドル記者の面前《めんぜん》で、二ダースの卵をわけなく立てて見せたのである。丁度硫黄島《ちょうどいおうとう》危うしと国内騒然《そうぜん》たる時のこととて、日本では卵が立つか立たないかどころの騒ぎでなかったことはもちろんである。さすがにアメリカでも伯林《ベルリン》攻撃を眼前にして、この話はそうセンセーションを起こすまでには到《いた》らなかったらしい。

ところが今年の立春には、丁度その魏氏が宣伝部の上海駐在員として在住、ランドル記者も上海にいるので、再びこの実験をやることになった。

ラジオ会社の実況放送、各新聞社の記者、カメラマンのいならぶ前で、三日の深夜に実験が行われた。実験は大成功、ランドル記者が昨夜UP支局の床に立てた卵は、四日の朝になっても倒れずに立っているし、またタイプライターの上にも立った。

四日の英字紙は第一面四段抜きで、この記事をのせ、「ランドル歴史的な実験に成功」と大見出しをかかげている。立春に卵が立つ科学的根拠はわからないが、ランドル記者は「これは魔術でもなく、また卵を強く振ってカラザを切り、黄味を沈下させて立てる方法でもない。ましてやコロンブス流でもない」といっている。みなさん今年はもう駄目《だめ》だが、来年の立春にお試しになってはいかが。

こうはっきりと報道されていると、如何《いか》に不思議でも信用せざるを得ない。おまけに、この話はあらかじめ米国でも評判になり、紐育でも実験がなされた。ジャン夫人というのが、信頼のおける証人を前にして、三日の午前この実験に成功したのである。「最初の二つの卵は倒れたが、三つ目はなめらかなマホガニーの卓の上に見事に立った。時刻は丁度立春のはじまる三日午前十時四十五分であった」そうである。

上海と、紐育と、それに東京と、世界中到るところで成功している。立春の時刻はもちろん場所によって異なるので、グリニッチ標準時では二月三日午後三時四十五分である。それが紐育では三日午前十時四十五分、東京では五日午前零《れい》時五十一分にあたるそうである。ところがジャン夫人の実験がその紐育時刻に成功し、中央気象台では、四日の真夜中から始めて、「用意の卵で午前零時いよいよ実験開始……三十分に七つ、そして九つ、すねていた最後の一つもお時間の零時五十一分になるとピタリ静止した」そうである。こうなると、新聞の記事と写真とを信用する以上、立春の時刻に卵が立つということは、どうしても疑う余地がない。数千年の間、中国の古書に秘められていた偉大なる真理が、今日突如脚光を浴びて、科学の世界に躍《おど》り出て来たことになる。

しかし、どう考えてみても、立春の時に卵が立つという現象の科学的説明は出来そうもない。立春というのは、支那伝来の二十四季節の一つである。一太陽年を太陽の黄経《こうけい》に従って二十四等分し、その各等分点を、立春、雨水《うすい》、啓蟄《けいちつ》、春分《しゅんぶん》、清明《せいめい》……という風に名づけたのである。もっと簡単にいえば、太陽の視黄経が三百十五度になった時が、立春であって、年によって少しずつ異なるが、だいたい二月四日頃にあたる。地球が軌道上のあるその一点に来た時に卵が立つのだったら、卵が三百十五度という数値を知っていることになる。

如何にも不思議であって、そういうことは到底あり得ないのである。ところがそれが実際に世界的に立証されたのであるから、話が厄介《やっかい》である。支那伝来風にいえば、立春は二十四季節の第一であり、一年の季節の最初の出発点であるから、何か特別の点であって、春さえ立つのだから卵ぐらい立ってもよかろうということになるかもしれない。しかしアメリカの卵はそんなことを知っているわけはなかろう。とにかくこれは大変な事件である。

もちろん日本の科学者たちが、そんなことを承認するはずはない。東大のT博士は「理論的には何の根拠もない茶話だ。よく平面上に卵が立つことをきくが、それは全くの偶然だ」と一笑に附している。実際に実験をした気象台の技師たちも「重心さえうまくとれば、いつでも立つわけですよ」とあっさり片づけている。しかしその記事の最後に、「立春立卵説を軽くうち消したが、さて真相は……」と記者が書いているところをみると、記者の人にも何か承服《しょうふく》しかねる気持ちが残ったのであろう。何といっても、五日の夜中の実験に立ち会って、零時五十一分に十個の卵がちゃんと立ったのを目《ま》のあたり見ているのだから、それだけの説明では物足りなかったのも無理はない。

もう少し親切な説明は、毎日新聞に出ていた気象台側の話である。「寒いと中味の密度が濃くなって重心が下がるから立つので、何も立春のその時間だけ立つのではない」というのである。それもどうも少しおかしいので、紐育のジャン夫人の居間なんか、きっと夜会服《やかいふく》一枚でいいくらいに暖かくなっていただろうと考える方が妥当である。もう一つはどこかの大学の学部長か誰かの説明で、卵の内部が流動体であることが一つの理由であろうという意味のことが書いてあった。そして立春の時でなくてもいいはずだということがつけ加えられていた。ラジオの説明は、私はきかなかったが、何でも寒さのために内部がどうとかして安定になったためだというのであったそうである。

それらの科学者たちの説明は、どれも一般の人たちを承服させていないように思われる。一番肝心なことは、立春の時にも立つが、その外《ほか》の時にも卵は立つものだよと、はっきり言い切ってない点である。それに重心がどうとかするとか、流動性がどうとか、安定云々《うんぬん》とかいうのが、どれもはっきりしていないことである。例えば流動性があれば何故《なぜ》倒れないかをはっきり説明してない点が困るのである。

一番厄介な点は、「みなさん、今年はもう駄目だが、来年の立春にお試しになってはいかが」という点である。しかしそういう言葉に怖《お》じけてはいけないので、立春と関係があるか否かを決めるのが先決問題なのである。それで今日にでもすぐ試してみることが大切な点である。

実はこの問題の解決は極めて簡単である。結論をいえば、卵というものは立つものなのである。朝めしの時にあの新聞を読んで、あまり不思議だったので「おい、卵があるかい」ときいてみた。幸い一つだけあるという話で、早速それをもって来させて、食卓の上に立ててみた。巧《うま》く重心をとると立ちそうになるが、なかなか立たない。五分ばかりやってみたが、あまり脚《あし》の強くない食卓の上では、どうも無理のようである。

それに登校前の気ぜわしい時にやるべき実験ではなさそうなので、途中で放り出して、学校へ出かけてしまった。

この日曜日、幸いひまだったので、先日の卵をきいてみると、まだ大事にしまってあるという。今度は落ち著《つ》いて、畳の上に坐りこんで、毎日使っている花梨《かりん》の机の上に立ててみると、三四分でちゃんと立たせることが出来た。紫檀《したん》まがいのなめらかな机であるから、少し無理かと思ったが、こんなに簡単に立つものなら、何も問題はないわけである。細君《さいくん》も別の机の上に立ててみると、これもわけなく立ってしまう。なあんだということになった。

それにしても、考えてみればあまりにも変な話である。卵というものが何時《いつ》でも必ず立つものならば、コロンブスにまで抗議をもって行かなければならない始末になる。それでやはりこの頃の寒さが何か作用をしているのかもしれないと思って、細君にその卵を固くゆでてみてくれと頼んだ。

ゆでた卵が簡単に立ってくれれば、何も問題はない。大いに楽しみにして待っていたら、やがて持って来たのは、割れた卵である。「子供が湯から上げしなに落としたもので」という。大いに腹を立てて、早速買いに行って来いと命令した。細君は大分不服だったらしいが、仕方なく出かけて行った。卵は案外容易に手に入ったらしく、二つ買って帰って来た。もっとも当人の話では、目星をつけた家を二軒も廻って、子供が病気だから是非分けてくれと嘘をついて、やっと買って来たという。大切な実験を中絶させたのだから、それくらいのことは仕方がない。

今度のは大小二つあって、大きい方は尻の形が少し悪いらしく、なかなか立たない。しかし小さい方はすぐ立たせることが出来た。そこでその方を早速ゆでて貰うことにして、その間に大きい方にとりかかった。なるべく垂直になるように立てて、右手の指で軽く頭をささえ、左手で卵を少しずつ廻転させながら、尻の坐りと机の僅《わず》かな傾《けい》斜《しゃ》とが巧く折れ合うところを探しているうちに、ちゃんと立ってくれた。十分くらいかかったようである。要するに少し根気よくやって、中心をとることさえ出来れば、大抵の卵は立派に立つものである。

その間にゆで卵の方が出来上がった。水に入れないでそのまま持って来させたので、熱いのを我慢しながら中心をとってみた。すると今度も前のように簡単に立てることが出来た。寒さのための安定云々も、流動性の何とかも、問題は全部あっさり片付いたわけである。念のために殻《から》をとり去って、縦に二つに切ってみた。黄味は真ん中にちゃんと安座していた。何の変わりもない。黄味の直径三十三ミリ、白味の厚さが上部で六ミリ、底部で七ミリ、重心が下がっているなどということもない。要するに、もっともらしい説明は何もいらないので、卵の形は、あれは昔から立つような形なのである。この場合と限らず、実験をしないでもっともらしいことを言う学者の説明は、大抵は間違っているものと思っていいようである。

物理学の方では、釣り合いの安定、不安定ということをいう。釣り合いの位置から少し動かした場合に、旧《もと》の位置に戻るような偶力《ぐうりょく》が出て来る場合が、安定なのである。卵が立っているような場合は、よく不安定の釣り合いといわれる。しかし物理学の定義では、この場合も安定なのであって、ただ安定の範囲が非常に狭いのである。

物が立つのは、重心から垂直に下ろした仮想線が、底の面積内を通る場合である。底は下の台に接しているので、台から上向きに物体をささえる力が、その物体に働いて、その力と物体に働く重力とが釣り合っているのである。ところで日常生活で我々が常識的に使っている安定不安定という言葉には、安定の範囲という要素がはいっている。物体を少し傾けても、重心から下ろした垂直線が、底面内を通る範囲内では、旧位置に戻るような方向に偶力が働き、物体はもとに戻る。すなわち安定である。ところがその垂直線が底面をはずれると、偶力は益々《ますます》傾くような方向に働き、物体は自分で倒れてしまう。重心からの垂直線が底面をはずれる時の傾きが大きい時を安定といい、少し傾いてもすぐはずれてしまう場合を不安定といっているが、これは素人《しろうと》風ないい表し方である。本統は安定の範囲が広い狭いという方が、よいのである。ピサの斜塔《しゃとう》がよい例であって、土台が悪かったためにあのように傾斜した形で落ち著いたのであるが、あの程度の傾斜では、重心からの垂直線はまだ十分底面内を通っているので、あの形で安定な釣り合いを保っている。それで少しくらいの地震があっても、倒れることはない。ただあの塔が真っ直ぐに立っている場合よりも、安定の範囲が狭いだけである。

卵を立てる場合は、この底面積、すなわち卵の殻と台の板との接触している面積が非常に狭い。卵の表面が完全な球面で、板が完全な平面ならば、接触は幾何学《きかがく》的には、ただ一点である。すなわち接触面積はほとんど零といっていい。しかし物理的に考えてみると、卵が立った場合、卵の目方は全部その一点にかかるので、圧力からいうと、大変な大きさになる。圧力というのは、目方をそれが働いている面積で割ったものであるから、卵の目方が五十グラムしかないとしても、面積が零に近かったら、圧力は無限大となる。物体に歪《ゆが》みを生じさせるのは、力ではなくて圧力である。棒で掌《てのひら》を押してみても何でもないが、それと同じ力で針でつけば、つきささるわけである。それで球を平面の上にのせた場合には、平面の接点附近がその圧力のために少し歪み、球の接点附近もまた少し歪む。そして極めて小さい円形の面積で球の底と板とが接し、その面積で球の目方をささえるのである。

球と平面との接触面積は、球の半径と目方と物質の弾性とによってきまる。球と平面とが同じ物質で、両方とも完全に幾何学的な形をしている場合には、その接触面積は、理論的に計算出来る。それにはヘルツの式というのがあって、すぐ計算が出来る。樫《かし》の卓の上に立てるとすると、樫のヤング率は 1.3×10^{11} くらいである。大体の見当をみるのであるから、卵殻《らんかく》の固さも樫と同程度と見ておく。卵の目方を五十グラム、底部を球とみなし、その半径を二センチ半として、接触面積を出してみる。簡単な計算ですぐ分かることであるが、円の直径は 2.2×10^{-3} センチと出る。すなわち直径百分の二ミリくらいの円形部分がひずんで、その面積で卵をささえていることになる。それで卵の重心から下ろした垂直線が、その面積内を通れば、卵は立つわけである。問題はそういうふうに巧く中心をとる技術だけにかかることになる。要するに根気よく、静かに少しずつ動かして、中心がとれた時にそっと手を放せばよいのであるが、一ミリの百分の一とか二とかいう精密な調整は、とても人間の手では出来そうもない。

それで次に考えてみるべきことは、卵の表面の性質である。卵の表面は、完全な球面または楕円《だえん》面でなく、表面がざらざらしていることは誰でも知っているとおりである。百分の一ミリ程度を論ずる場合には、もちろん、このざらざらが問題になる。表面に小凹凸《おうとつ》があると、その凸部の三点あるいは四点で台に接し、それが丁度五徳《ごとく》の脚のような役目をして卵をささえるはずである。そうすると卵の「底面積」は、相隣《あいとな》る凸部の三点または四点の占める面積になる。理論的には三角形の頂点の三点でよいはずであるが、実際は四角形の四隅《よすみ》の点、あるいはもう少し多い点になるであろう。いずれにしてもこの方は前述の百分の二ミリなどという値《あたい》よりも、ずっと大きくなりそうである。

教室の昼飯の時に、この話を持ち出してみたら、H君が一つ顕微鏡で見てみましょうということになった。H君は人工雪の名手である。顕微鏡の下で雪の結晶を細工するのになれているので、卵の凹凸くらいは物の数でない。さっそく台の上に墨を塗って、その上に卵を立て、卵の尻に黒いマークの点をつけた。そしてそのマークのところで殻を縦に切り、その切り口を顕微鏡で覗《のぞ》いてみた。

まず驚いたことは、卵の表面の凹凸は、きわめて滑らかな波形をしている点であった。ざらざらの原因であるところの凹部と凸部との高さの差すなわち波の高さは、百分の三ミリ程度にすぎず、それに比して凸部間の距離、すなわち波長は、この卵では十分の八ミリくらいもあった。これで問題は非常にはっきりしたのである。五徳の三本脚あるいは四本脚の間隔は、約十分の八ミリであるから、半ミリ程度の精度で中心を巧くとれば、卵は立派に立つわけである。それくらいの精度でよければ、人間の手でも、落ち著いて少し根気よくやれば、調整が出来るはずである。百分の二ミリではちょっと困るが、この程度ならば大丈夫である。

ところで前にいった、球面と平面とが、弾性的歪みによって接触することは、この凸部と板との接触についてあてはまる。もっとも板の表面の凹凸を考えに入れれば、もう少しむずかしくなるが、そこまで立ち入らなくても話の筋は分かる。すなわち卵の表面の凸部と板とが、直径百分の一ないし二ミリくらいの円で接し、そういう接点が、十分の八ミリくらいの距離で、三点あるいは四点あって、卵をささえているのである。

そうすると、卵がどれくらい傾いたら、重心線が底の三点の占める面積をはずれるのか、すなわち卵が倒れるかという計算が出来る。重心の高さを二センチ半として、それが横に半ミリずれる時の傾きは、約一度である。それで一旦立った卵は、一度くらい傾くまでは安定であって、それ以上傾くと倒れるはずである。事実机の上に卵を立てて、ごく静かに机をゆすぶってみると、卵は眼に見える程度に揺れることが認められるが、それでもなかなか倒れない。もっとも少しひどくゆすぶれば倒れることはもちろんである。眼に認められるくらい揺れるというのが、だいたい一度くらいであろう。これで卵の立つ力学はおしまいである。

こういう風に説明してみると、卵は立つのが当たり前ということになる。少なくもコロンブス以前の時代から今日まで、世界中の人間が、間違って卵は立たないものと思っていただけのことである。前にこれは新聞全紙をつぶしてもいい大事件といったのは、このことである。世界中の人間が、何百年という長い間、すぐ眼の前にある現象を見逃していたということが分かったのは、それこそ大発見である。

しかしそれにしても、あまりにことがらが妙である。どうして世界中の人間がそういう誤解に陥《おちい》っていたか、その点は大いに吟味《ぎんみ》してみる必要がある。問題は巧く中心をとればというが、角度にして一度以内というのは恐ろしく小さい角度であって、そういう範囲内で卵を垂直に立てることが非常に困難なのである。その程度の精度で卵の傾きを調整するには、十分の一ミリくらいの微細《びさい》調整が必要である。それを人間の手でやるには、よほど繊細な神経がいることになる。実は学校へ卵をもって行って、皆の前で立てて、一つ試験をしてみようと思った時は、なかなか巧く行かなかった。夜落ち著いて机に向かっていて、少し退屈した時などにやれば、わりに簡単に立つのである。

卵を立てるには、静かなところで、振動などのない台を選び、ゆっくり落ち著いて、五分や十分くらいはもちろんかけるつもりで、静かに何遍《なんべん》も調整をくり返す必要がある。そういうことは、卵は立たないものという想定の下《もと》ではほとんど不可能であり、事実やってみた人もなかったのであろう。そういう意味では、立春に卵が立つという中国の古書の記事には、案外深い意味があることになる。私も新聞に出ていた写真を見なかったら、立てることは出来なかったであろう。何百年の間、世界中で卵が立たなかったのは、皆が立たないと思っていたからである。

人間の眼に盲点《もうてん》があることは、誰でも知っている。しかし人類にも盲点があることは、あまり人は知らないようである。卵が立たないと思うくらいの盲点は、大したことではない。しかしこれと同じようなことが、いろいろな方面にありそうである。そして人間の歴史が、そういう瑣細《ささい》な盲点のために著《いちじる》しく左右されるようなこともありそうである。

立春の卵の話は、人類の盲点の存在を示す一例と考えると、なかなか味のある話である。これくらい巧い例というものは、そうざらにあるものではない。紐育・上海・東京間を二三回通信する電報料くらいは使う値打ちのある話である。

大阪の可能性

織田作之助

大阪は「だす」であり、京都は「どす」である。大阪から省線《しょうせん》で京都へ行く途中、山崎あたりへ来ると、急に気温が下がって、ああ京都へはいったんだなと感ずるという意味の谷崎潤一郎《たにざきじゅんいちろう》氏の文章を、どこかで読んだことがあるが、大阪の「DAS」が京都の「DOS」と擦《す》れ合っているのも、山崎あたりであり、大阪の「DAS」という音は、山崎に近づくにつれて、次第に「A」の強さが薄れて行き、山崎あたりでは「A」と「O」との重なり合った音になって、やがて京都へ近づくにつれて、「O」の音が強くなり、「DOS」となるのである。山崎あたりに住んでいる人たちの言葉をきいていると、「そうだす」と言っているのか、「そうどす」と言っているのか、はっきり区別がつかない。

字で書けば、「だす」よりも「どす」の方が、音がどぎついように思われる。「どす黒い」とか「長どす道中」とか「どすんと尻餅ついた」とか、どぎつくて物騒《ぶっそう》で殺風景な連想を伴《ともな》うけれども、しかし、耳に聴けば、「だす」よりも「どす」の方が優美であることは、京都へ行った人なら、誰でも気づくに違いない。いや、京都の言葉が大阪の言葉より柔らかく上品で、美しいということは、もう日本国中津々浦々《つつうらうら》まで知れわたっている事実だ。同時に大阪の言葉がどぎつく、ねちこく、柄が悪く、下品だということも、周知の事実である。

たしかに京都の言葉は美しい。京都は冬は底冷えし、夏は堪えられぬくらい暑くおまけに人間が薄情で、けちで、歯がゆいくらい引っ込み思案《じあん》で、陰険《いんけん》で、頑固《がんこ》で結局景色と言葉の美しさだけと言った人があるくらい京都の、ことに女の言葉は音楽的でうっとりさせられてしまう。しかし、私は京都の言葉を美しいとは思ったが、魅力があると思ったことは一度もなかった。私にはやはり京都よりも大阪弁の方が魅力があるのだ。優美で柔い京都弁よりも、下品でどぎつい大阪弁の方が、私には魅力があるのだ。なぜだろう。

多くの作家が京都弁を使った小説を書いている。が、私にはどの作家の小説に書かれた京都弁も似たり寄ったりで、きまり切った紋切《もんき》り型であるような気がしてならない。これは私自身まだ京都弁というものを深く研究していないから、多くの作家の作品の中に書かれた京都弁の違いを、見分けることが出来ないのだろうとも、一応考えられるけれども、一つには、京都弁そのものが変化に乏《とぼ》しく、奥行きが浅く、ただ紋切り型をくりかえしているだけにすぎないのではあるまいか。

もっとも、私はいつかあるお茶屋で、お内儀《かみ》が芸者と次のような言葉をやりとりしているのを、耳にした時は、さすがに魅力を感じた。

「桃子はん、あんた、おいやすか、おいにやすか。オーさん、おいやすお言いやすのどっせ。あんたはん、どないおしやすか。」「お母ちゃん、あて、かなわんのどっせ。かんにんどっせ。」その会話は、オーさんという客が桃子という芸者と泊まりたいとお内儀にたのんだので、お内儀が桃子を口説いている会話であって、あんたはここに泊まるか、それとも帰るかというのを、「おいやすか、おいにやすか。」といい、オーさんは泊まりたいと言っているというのを、「オーさん、おいやすお言いやすのどっせ。」という。その「I《アイ》」の音の積み重ねと、露骨《ろこつ》な表現を避けたいいまわしに、私は感心した。そして桃子という芸者がそれを断るのを、自分は泊まることは困る、勘弁してくれという意味で「あて、かなわんのどっせ。かんにんどっせ。」と含みを持たせた簡単な表現で、しかも婉曲《えんきょく》に片づけているのにも感心した。

それともう一つ私が感心したのは、祇園《ぎおん》や先斗《ぽんと》等の柳の巷《まち》の芸者や妓《おんな》たちが、客から、おいどうだ、何か買ってやろうかとか、芝居へ連れて行ってやろうかとか、こんどまた来るよ、などと言われた時に使う「どうぞ……」という言葉の言い方である。ちょっと肩を前へ動かせて、頭は下げたか下げないか判《わか》らぬぐらいに肩と一緒に前へ動かせ、そして「どうぞ……」という。「どう」という音を、肩や頭が動いている間ひっぱって、「ぞ」を軽く押さえる。この一種異色ある「どうぞ……」は「どう」の音のひっぱり方一つで、本当に連れて行ってほしいという気持ちやお愛想で言ってい る気持ちや、本当に連れて行ってくれると信じている気持ちや、客が嘘を言っているのが判っているという気持ちや、その他さまざまなニュアンスが出せるのである。ちょうど、彼女たちが客と道で別れる時に使う「さいなアら」という言葉の「な」の音のひっぱり方一つで、彼女たちが客に持っている好感の程度もしくは嫌悪《けんお》の程度のニュアンスが出せるのと同様である。

しかし、それとも考えようによっては、京都弁そのものが結局豊富でない証拠で、彼女たちはただ教えられた数少ない言葉を紋切り型のように使っているだけで、ニュアンスも変化があるといいえばいいえるものの、けっして個性的な表現ではなく、また大阪弁の「ややこしい」という言葉のようにざっと数えて三十ぐらいの意味に使えるほどの豊富なニュアンスはなく、結局京都弁は簡素、単純なのである。

まるで日本の伝統的小説である身辺小説のように、簡素、単純で、伝統が作った紋切り型の中でただ少数の細かいニュアンスを味わっているだけにすぎず、詩的であるかも知れないが、散文的な豊富さはなく、大きなロマンや、近代的な虚構の新しさに発展して行く可能性もなく、いってみれば京都弁という身辺小説的伝統には、新しい言葉の生まれる可能性は皆無なのである。京都弁はまるで美術工芸品のように美しいが、私にとっては大して魅力がない所以《ゆえん》だ。

京都弁は誰が書いても同じ紋切り型だと言ったが、しかし、大阪弁も下手な作家や、大阪弁をあまり知らない作家が書くと、やはり同じ紋切り型になってしまって、うんざりさせられる。新派《しんぱ》の芝居や喜劇や放送劇や浪花節《なにわぶし》や講談や落語や通俗小説には、一種きまりきった百姓言葉ないし田舎言葉、たとえば「そうだんべ」とか「おら知ンねえだよ」などという紋切り型が、あるいは喋《しゃべ》られあるいは書かれて、われわれをうんざりさせ、辟易《へきえき》させ、苦笑させる機会が多くて、私にそのたびに人生の退屈さを感じて、劇場へ行ったり小説を読んだり放送を聴いたりすることに恐怖を感じ、こんな紋切り型に喜んでいるのが私たちの人生であるならば、随分と生きて甲斐《かい》なき人生であると思うのだが、そしてまた、相当人気のある劇作家や連続放送劇のベテラン作家や翻訳《ほんやく》の大家や流行作家がこんな紋切り型の田舎言葉を書いているのを見ると、彼らの羞恥《しゅうち》心なき厚顔無恥《こうがんむち》に一種義憤《ぎふん》すら感じてしまうのだが、大阪弁が紋切り型に書かれているのを見ても、やはり「ばかにするねい!」(大阪人もまた東京弁を使うこともある)と言いたくなる。彼らは紋切り型の田舎言葉を書くように大阪弁を書いているのである。そして、日本の文芸にはこの紋切り型が多すぎて、日本ほど亜流《ありゅう》とマンネリズムが栄える国はないのである。

私はかねがね思うのだが、大阪弁ほど文章に書きにくい言葉はない。たとえば、大阪弁に「そうだ」という言葉がある。これは東京弁の「そうだ!」と同じ意味だが、ニュアンスが違う。「そうだ!」は「そうです」を乱暴に言った言葉だが、大阪弁の「そうだ」は「そうです」と全く同じ丁寧な言葉で、音も柔らかで、語尾が伸びて曖昧《あいまい》に消えてしまう。けっして「そうだッ」と強く断定する言葉ではない。つまり同じ大阪弁の「そうだす」に当たるのである。しかし「そうだす」と書いてしまっては、「そうだ」の感じが出ないし、といって「そうだ」と書けば東京弁の「そうだ！」の強い語感と誤解されるおそれがある。だから大阪弁の「そうだ」は文字には書けず、私など苦心惨憺《さんたん》した結果「そうだ（す）」と書いて、「そうだす」と同じ意味だが、「す」を省略した言葉だというまわりくどい説明を含んだ書き方でごまかしているのである。が、これとても十分な書き方ではなく、一事が万事、大阪弁ほど文章に書きにくい言葉はないのだ。

大阪弁が一人前に、判り易《やす》く、しかも紋切り型に陥《おちい》らずに書ければ、もうそれだけでも大した作家で逆に言えば、相当な腕を持っている作家でなくては、大阪弁が書けないということになる。いや、大阪弁だけではない、小説家は妙に会話の書き方を無視するが、会話が立派に書けなければ一人前の小説家ではない。無名の人たちの原稿を読んでも、文章だけは見よう見真似の模倣《もほう》で達者に書けているが、会話になるとガタ落ちの紋切り型になって失望させられる場合が多い。小説の勉強はまずデッサンからだと言われているが、デッサンとは自然や町の風景や人間の姿態《したい》や、動物や昆虫や静物を写生することだと思っているらしく、人間の会話を写生する勉強をする人はすくない。戯曲《ぎきょく》を勉強した人が案外小説がうまいのは、彼らの書く会話が生き生きしているからであろう。もっとも現在の日本の劇作家の多くは劇団という紋切り型にあてはめて書いているのか、神経が荒いのか、書きなぐっているのか、味のある会話は書けない。若い世代でいい科白《せりふ》の書けるのは、最近なくなった森本薫《もりもとかおる》氏ぐらいのもので、菊田一夫《きくたかずお》氏の書いている科白などは、森本薫氏のそれにくらべると、はるかにエスプリがなく、背後に作者のインテリゼンスが感じられず、たとえば通俗小説ばかり書いている人の文章が純文学の小説の文章とキメの細かさが違う程度に、キメの荒さが目立って、うんざりさせられる。シナリオ・ライターも同様で、日本の映画が見るに堪えぬ最大の原因は彼らの書く科白のまずさである。科白のまずいというのは、結局不勉強、仕事の投げやりに原因するのだろうが、一つには紋切り型に頼っても平気だという彼らの鈍重《どんじゅう》な神経のせいであって、われわれが聴くに堪えぬエスプリのない科白を書いても結構流行劇作家で通り、流行シナリオ・ライターで通っているという日本の劇壇、映画界の低俗さには、言うべき言葉もない。しかし、文壇にしても相当怪《あや》しい会話を平気で書いている作家が多く、そのエスプリのなさは筆蹟《ひっせき》と同じで、どうにもなおし難《がた》いものかも知れない。

文壇で、女の会話の上品さを表現させたら、志賀直哉《しがなおや》氏の右に出るものがない。が、太宰治氏に教えられたことだが、志賀直哉氏の兎《うさぎ》を書いた近作には「お父様は兎をお殺しなされないでしょう。」というような会話があるそうである。上品さもここまで来れば私たちの想像外で、「殺す」という動詞に敬語がつけられるのを私はうかつに今日まで知らなかったが、これもある評論家からきいたことだが、犬養健《いぬかいたける》氏の文学をやめる最後の作品に、犬養氏が口の上に飯粒をつけているのを見た令嬢《れいじょう》が「パパ、お食事がついてるわよ。」という個所《かしょ》があるそうだが「お殺し」という言葉を見ると、何かこの「お食事がついているわよ。」を連想させられるのである。

志賀直哉氏の文学のよさは相当文学に年期を入れたものでなくては判らぬのである。文学を勉強しようと思っている青年が先輩から、まず志賀直哉を読めと忠告されて読んでみても、どうにも面白くなくて、正直にその旨《むね》言うと、あれが判らぬようでは困るな、勉強が足らんのだよと嘲笑《ちょうしょう》され、頭をかきながら引き下がって読んでいるうちに、何だか面白くないが立派なものらしいという一種の結晶作用が起こって、判らぬままに模倣して、第二の志賀直哉たらんとする亜流が続出するのである。「暗夜行路《あんやこうろ》」の文章をお経の文句のように筆写《ひっしゃ》して、記憶しているという人が随分いるらしく、若《わか》杉慧《すぎけい》氏などは文学修業時代に「暗夜行路」を二回も筆写し、真冬に午前四時に起き、素足で火鉢もない部屋で小説を書くということであり、このような斎戒沐浴《さいかいもくよく》的文学修業は人を感激させるものだが、しかし、「暗夜行路」を筆写したり暗記したりする勉強の仕方は、何だかみそぎを想わせるような古い方法で、このような禁慾的精進《しょうじん》はその人の持っている文学的可能性の限界をますます狭めるようなもので、清濁《せいだく》あわせのむ壮大な人間像の創造はそんな修業から出て来ないのではないかという気がする。寝転んで東西古今の小説を読み散らし、ころっと忘れてしまった人の方が、新しい文章が書けるのではあるまいか。手本が頭にはいりすぎたり、手元に置いて書いたり、模倣これ努めたりしている人たちが、例えば「殺す」と書けばいいところを、みんな「お殺し」と書いたりすれば、まことにおかしなことではないか。

　話は外れたが、書きにくい会話の中でも、大阪弁ほど書きにくいものはない。大阪に生まれ大阪に育って小説を勉強している人でも、大阪弁が満足に書けるとは限らないのだ。平常は冗談口を喋らせると、話術の巧《うま》さや、当意即妙《とういそくみょう》の名言や、駄洒落《だじゃれ》の巧さで、一座をさらって、聴き手に舌を巻かせてしまう映画俳優で、いざカメラの前に立つと、一言も満足に喋れないのが、いるが、ちょうどこれと同様である。しかし、平常は無口でも、いざとなればべらべらとこなして行くのが年期を入れた俳優の生命で、文壇でも書きにくい大阪弁を書かせてかなり堂に入った数人の作家がいる。

しかし、その作家たちの書いている大阪弁を読むと、同じ書き方をしている作家は一人もいない。大阪弁には変わりはないのだが、文章が違うように、それぞれ他の人とは違って大阪弁を書いているのである。つまりそれだけ大阪弁は書きにくいということになるわけだが、同時にそれは大阪弁の変化の多さや、奥行きの深さ、間口の広さを証明していることになるのだろうと私は思っている。

たとえば、谷崎潤一郎氏の書く大阪弁、宇野浩二《うのこうじ》氏の書く大阪弁、上司小剣《かみつかさしょうけん》氏の書く大阪弁、川端康成《かわばたやすなり》氏の書く大阪弁、武田麟太郎《たけだりんたろう》氏の書く大阪弁、藤沢桓夫《ふじさわたけお》氏の書く大阪弁、それから私の書く大阪弁、みな違っている。いちいち例をあげてその相違をあげると面白いのだが、私はいまこの原稿を旅先で書いていて手元に一冊も文献《ぶんけん》がないので、それは今後連続的に発表するこの文学的大阪論の何回目かで書くことにして、ここでは簡単に気づいたことだけ言うことにする。

宇野浩二氏の作品でたしか「長い恋仲」という比較的長い初期の短篇は、大阪の男が自分の恋物語を大阪弁で語っている形式によっており、地《じ》の文も会話もすべて大阪弁である。谷崎潤一郎氏の「卍《まんじ》」もやはり、大阪の女が自分の恋物語を大阪弁で語っている形式である。この二つの大阪弁の一人称小説を比較してみると、語り手が一方は男であり、他方は女であるという相違だけではなく、まるで同じ土地の言葉とは思えぬくらい違っているのだ。「卍」はいつもの饒舌《じょうぜつ》癖がかえって大阪の有閑《ゆうかん》マダムがややこしく入り組んだ男女関係のいきさつを判らせようとして、こまごまだらだらと喋っているという効果を出しているし、大阪弁も女専の国文科を卒業した生粋《きっすい》の大阪の娘を二人まで助手に雇って、書いたものだけに、実に念入りに大阪弁の特徴を生かそうとしているし、ことに大阪の女の言葉の音楽的なリズムの美しさはかなり生かされていて、この作品を全部大阪弁で書こうとした作者の意図は成功している。しかしこの小説の大阪弁は紋切り型の大阪弁ではないまでも、何か標準型の大阪弁というような気がする。普通大阪の人たちが使っている大阪弁はもっと形のくずれたものであって、このような標準型の大阪弁で喋っている人は殆《ほとん》どいない。これは美化され、理想化された大阪弁であって、隅から隅まで大阪弁的でありたいという努力が、かえって大阪弁のリアリティを失っているように思われる。その点宇野氏の「長い恋仲」は大阪弁の音楽的美しさは感じられないが、一種トボけた味がある。ことに、東京で美術学校生活を送ったことのある一種のインテリであり、芸術家であるという男が、独得の大阪弁で喋っているというところに面白さがあるが、しかし、この作品はまだ大阪弁の魅力が迫力を持っているとはいえず、むしろ「楽世家等《らくせいから》」などのあまり人に知られていない作品の中に、大阪弁の魅力が溌剌《はつらつ》と生かされた例があるといえよう。大阪弁というものは語り物的に饒舌にそのねちねちした特色も発揮するが、やはり瞬間瞬間の感覚的な表現を、その人物の動きと共にとらえた方が、大阪弁らしい感覚が出るのではなかろうか。大阪弁は、独自的に一人で喋っているのを聴いていると案外つまらないが、二人ないし三人の会話のやりとりになると、感覚的に心理的に飛躍《ひやく》して行く面白さが急に発揮されるのは、私たちが日常経験している通りである。

谷崎氏の「細雪《ささめゆき》」は大阪弁の美しさを文学に再現したという点では、比類なきものであるが、しかし、この小説を読んだある全くズブの素人《しろうと》の読者が「あの大阪弁はあら神戸言葉や。」と言った。「細雪」は大阪と神戸の中間、つまり阪神間の有閑家庭を描いたものであって、それだけに純大阪の言葉ではない。大阪弁と神戸弁の合いの子のような言葉が使われているから、読者はあれを純大阪の言葉と思ってはならない。

そういえば、宇野氏の「枯野《かれの》の夢」に出て来る大阪弁はやはり純大阪弁でなくて大和《やまと》の方の言葉であり、「人間同志」には岸和田《きしわだ》あたりの大阪弁が出て来る。川端康成氏の「十六歳の日記」は作者の十六歳の時の筆が祖父の大阪弁を写生している腕のたしかさはさすがであり、書きにくい大阪弁をあれだけ写し得たことによってこの作品が生かされたともいえるくらいであるが、あの大阪弁は茨木《いばらき》あたりの大阪弁である。「細雪」の大阪弁、「人間同志」の大阪弁、「十六歳の日記」の大阪弁は、すべて純大阪弁より電車で三十分ぐらいの距離にある大阪弁であり、それがそれぞれはっきりと区別されるニュアンスの違いを持っているところに、大阪弁を書くむつかしさがあり、そしてまた、大阪の人たちがそれぞれの個性で彼らの言葉を独自に使っている点に、大阪弁が紋切り型で書けない理由があるのだ。

言葉ばかりでなく、大阪という土地については、かねがね伝統的な定説というものが出来ていて、大阪人に共通の特徴、大阪というところは猫も杓子《しゃくし》もこういう風ですなという固着《こちゃく》観念を、猫も杓子も持っていて、私はそんな定評を見聴きするたびに、ああ大阪は理解されていないと思うのは、実は大阪人というものは一定の紋切り型よりも、むしろその型を破って、横紙《よこがみ》破りの、定跡《じょうせき》外れの脱線ぶりを行う時にこそ真髄《しんずい》の尻尾《しっぽ》を発揮するのであって、この尻尾をつかまえなくては大阪が判らぬと思うからである。そして、その点が大阪の可能性であるというこの稿のテエマは、章を改めてだんだんに述べて行くつもりである。

陰翳礼讃

谷崎潤一郎

○

　先年、武林無想庵《たけばやしむそうあん》が巴里《パリ》から帰って来ての話に、欧洲の都市に比べると東京や大阪の夜は格段に明るい。巴里などではシャンゼリゼエの真ん中でもランプを燈《とも》す家があるのに、日本では余程辺鄙《よほどへんぴ》な山奥へでも行かなければそんな家は一軒もない。恐らく世界じゅうで電燈《でんとう》を贅沢《ぜいたく》に使っている国は、亜米利加《アメリカ》と日本であろう。日本は何でも亜米利加の真似をしたがる国だと云《い》うことであった。無想庵の話は今から四五年も前、まだネオンサインなどの流行《はや》り出さない頃であったから、今度彼が帰って来たらいよいよ明るくなっているのにさぞかし吃驚《びっくり》するであろう。それからこれは「改造」の山本社長に聞いた話だが、かつて社長がアインシュタイン博士を上方《かみがた》へ案内する途中汽車で石山のあたりを通ると、窓外《そうがい》の景色を眺めていた博士が、「ああ、彼処に大層不経済なものがある」と云うので訳を聞くと、そこらの電信柱か何かに白昼電燈のともっているのを指さしたと云う。「アインシュタインは猶太人《ユダヤ》ですからそう云うことが細かいんでしょうね」と、山本氏は注釈を入れたが、亜米利加は兎《と》に角《かく》、欧洲に比べると日本の方が電燈を惜《お》し気もなく使っていることは事実であるらしい。石山と云えばもう一つおかしなことがあるのだが、今年の秋の月見に何処《どこ》がよかろう此処《ここ》がよかろうと首をひねった揚げ句、結局石山寺へ出かけることに極《き》めていると、十五夜の前日の新聞に石山寺では明晩観月《みょうばんかんげつ》の客の興《きょう》を添えるため林間に拡声器を取り付け、ムーンライトソナタのレコードを聴かせると云う記事が出ている。私はそれを読んで急に石山行きを止《や》めてしまった。拡声器も困り物だが、そう云う風ではきっとあの山の方々に電燈やイルミネーションを飾り、賑々《にぎにぎ》しく景気を附けてはいないかと思ったからである。前にも私はそれで月見をフイにした覚えがあるのは、ある年の十五夜に須磨《すま》寺《でら》の池へ舟を浮かべてみようと思い、同勢《どうぜい》を集め重詰《じゅうづ》めを持ち寄って繰り出してみると、あの池のぐるりを五色《ごしき》の電飾が花やかに取り巻いていて、月はあれどもなきが如《ごと》くなのであった。それやこれやを考えると、どうも近頃のわれわれは電燈に麻痺《まひ》して、照明の過剰から起こる不便と云うことに対しては案外無感覚になっているらしい。お月見の場合なんかはまあ孰方《どちら》でもいいけれども、待ち合い、料理屋、旅館、ホテルなどが、一体に電燈を浪費し過ぎる。それも客寄せのために幾らか必要であろうけれども、夏など、まだ明るいうちから点燈《てんとう》するのは無駄である以上に暑くもある。私は夏は何処へ行ってもこれで弱らせられる。外が涼しいのに座敷の中が馬鹿《ばか》に暑いのは、殆《ほとん》ど十が十まで電力が強過ぎるか電球が多過ぎるかのせいであって、試しに一部分を消してみると俄《にわか》にすうっとするのだが、客も主人も一向それに気が付かないのが不思議でならない。元来室内の燈し火は、冬は幾らか明るくし、夏は幾らか暗くすべきである。その方が冷涼《れいりょう》の気を催《もよお》すし、第一虫が飛んで来ない。しかるに余計に電燈をつけ、それで暑いからと云って煽風器《ぜんぷうき》を廻すのは、考えただけでも煩《わずら》わしい。もっとも日本座敷だと熱が傍から散って行くのでまだ我慢が出来るけれども、ホテルの洋室では風通しが悪い上に、床、壁、天井等が熱を吸い取って四方から反射するので、実にたまらない。例を挙げるのは少し気の毒だが、京都の都ホテルのロビーへ夏の晩に行ったことのある人は、私のこの説に同感してくれないであろうか。彼処は北向きの高台に拠《よ》っていて、比叡山《ひえいざん》や如意ヶ嶽《にょいがたけ》や黒谷《くろだに》の塔や森や東山《ひがしやま》一帯の翠巒《すいらん》を一眸《いちぼう》のうちに集め、見るからすがすがしい気持ちのする眺めであるが、それだけになお惜しい。夏のゆうがた、折角山紫水明《せっかくさんしすいめい》に対して爽快の気分に浸ろうと思い、楼《ろう》に満つる涼風を慕《した》って出かけてみると、白い天井の此処彼処《ここかしこ》に大きな乳白ガラスの蓋《ふた》が嵌《は》め込んであって、ドギツイ明かりが中でかっかっと燃えている。それが、近頃の洋館は天井が低いので、すぐ頭の上に火の玉がくるめいているようで、暑いことと云ったらない、体のうちでも天井に近いところほど暑く、頭から襟頸《えりくび》から背筋へかけて炙《あぶ》られるように感じる。しかもその火の玉が一つあったらあれだけの広さを照らすには十分なくらいであるのに、そう云う奴が三つも四つも天井に光っていて、その外《ほか》にも小さな奴が壁に沿い柱に沿うて幾つとなく取り附けてあるのだが、そんなのはただ隅々に出来る隈《くま》を消している以外に、何の役にも立っていない。だから室内に蔭《かげ》と云うものが一つもなく、見渡したところ、白い壁と、赤い太い柱と、派手な色をモザイクのように組み合わせた床が、刷りたての石版画のように眼に沁《し》み込んで、これがまた相当に暑苦しい。廊下からそこへ這入《はい》って来ると、温度の違いが際立って分かる。あれではたとい涼しい夜気が流れ込んで来ても、すぐ熱い風に変わってしまうから何にもなるまい。彼処は以前たびたび泊まりに行ったことのあるホテルで、なつかしく思うところから親切気で忠告するのだが、実際ああ云う形勝《けいしょうちょうぼう》な眺望、最適な夏の涼み場所を、電燈で打ち壊しているのは勿体《もったい》ない。日本人には勿論《もちろん》のこと、いくら西洋人が明るみを好むからと云って、あの暑さには閉口《へいこう》するに違いなかろうが、何より彼より、一遍《いっぺん》明かりを減らしてみたら覿面《てきめん》に諒解《りょうかい》するであろう。だがこれなどは一例を挙げたまでであって、あのホテルに限ったことではない。間接照明を使っている帝国ホテルだけはまず無難だが、夏はあれをもう少し暗くしてもよかりそうに思う。何にしても今日の室内の照明は、書を読むとか、字を書くとか、針を運ぶとか云うことは最早《もはや》問題でなく、専ら《もっぱら》四隅の蔭を消すことに費やされるようになったが、その考は少なくとも日本家屋の美の観念とは両立しない。個人の住宅では経済の上から電力を節約するので、却《かえ》って巧《うま》く行っているけれども、客商売の家になると、廊下、階段、玄関、庭園、表門等に、どうしても明かりが多過ぎる結果になり、座敷や泉石《せんせき》の底を浅くしてしまっている。冬はその方が暖かで助かることもあるが、夏の晩はどんな幽邃《ゆうすい》な避暑地《ひしょち》へ逃《のが》れても、先が旅館である限り大概都ホテルと同じような悲哀《ひあい》に打《ぶ》つかる。だから私は、自分の家で四方の雨戸を開け放って、真っ暗な中に蚊帳《かや》を吊ってころがっているのが涼を納《い》れる最上の法だと心得ている。

○

この間何かの雑誌か新聞で英吉利《イギリス》のお婆さんたちが愚痴《ぐち》をこぼしている記事を読んだら、自分たちが若い時分には年寄りを大切にして労《いたわ》ってやったのに、今の娘たちは一向われわれを構ってくれない、老人と云うと薄汚いもののように思って傍へも寄りつかない、昔と今とは若い者の気風が大変違ったと歎《なげ》いているので、何処の国でも老人は同じようなことを云うものだと感心したが、人間は年を取るに従い、何事によらず今よりは昔の方がよかったと思い込むものであるらしい。で、百年前の老人は二百年前の時代を慕い、二百年前の老人は三百年前の時代を慕い、いつの時代にも現状に満足することはない訳だが、別して最近は文化の歩みが急激である上に、我が国はまた特殊な事情があるので、維新《いしん》以来の変遷《へんせん》はそれ以前の三百年五百年にも当たるであろう。などという私が、やはり老人の口真似をする年配になったのがおかしいが、しかし現代の文化設備が専ら若い者に媚《こ》びてだんだん老人に不親切な時代を作りつつあることは確かなように思われる。早い話が、街頭の十字路を号令で横切るようになっては、もう老人は安心して町へ出ることが出来ない。自動車で乗り廻せる身分の者はいいけれども、私などでも、たまに大阪へ出ると、此方側《こちら》から向こう側へ渡るのに渾《こん》身《しん》の神経を緊張させる。ゴーストップの信号にしてからが、辻《つじ》の真ん中にあるのは見よいが、思いがけない横っちょの空に青や赤の電燈が明滅《めいめつ》するのは、中々《なかなか》に見つけ出しにくいし、広い辻だと、側面の信号を正面の信号と見違えたりする。京都に交通巡査が立つようになってはもうおしまいだとつくづくそう思ったことがあったが、今日純日本風の町の情趣《じょうしゅ》は、西宮《にしのみや》、堺《さかい》、和歌山、福山、あの程度の都市へ行かなければ味わわれない。食べる物でも、大都会では老人の口に合うようなものを捜《さが》し出すのに骨が折れる。先だっても新聞記者が来て何か変わった旨《うま》い料理の話をしろと云うから、吉野の山間僻地《へきち》の人が食べる柿の葉鮨《はずし》と云うものの製法を語った。ついでに此処で披露しておくが、米一升《しょう》に付酒一合の割りで飯を焚《た》く。酒は釜が噴いて来た時に入れる。さて飯がムレたら完全に冷えるまで冷ました後に手に塩をつけて固く握る。この際手に少しでも水気があってはいけない。塩ばかりで握るのが秘訣《ひけつ》だ。それから別に鮭《さけ》のアラマキを薄く切り、それを飯の上に載せて、その上から柿の葉の表を内側にして包む。柿の葉も鮭もあらかじめ乾いたふきんで十分に水気を拭き取っておく。それが出来たら、鮨桶《すしおけ》でも飯櫃《めしびつ》でもいい、中をカラカラに乾かしておいて、小口《こぐち》から隙間のないように鮨を詰め、押し蓋を置いて漬物石ぐらいな重石《おもし》を載せる。今夜漬けたら翌朝あたりからたべることが出来、その日一日が最も美味で、二三日は食べられる。食べる時にちょっと蓼《たで》の葉で酢を振りかけるのである。吉野へ遊びに行った友人があまり旨いので作り方を教わって来て伝授してくれたのだが、柿の木とアラマキさえあれば何処でも拵《こしら》えられる。水気を絶対になくすることと飯を完全に冷ますことさえ忘れなければいいので、試しに家で作ってみると、なるほどうまい。鮭の脂《あぶら》と塩気とがいい塩梅《あんばい》に飯に滲《にじ》み込んで、鮭は却って生身《なまみ》のように柔らかくなっている工合《ぐあい》が何とも云えない。東京の握り鮨とは格別な味で、私などにはこの方が口に合うので、今年の夏はこればかり食べて暮らした。それにつけてもこんな塩鮭の食べかたもあったのかと、物資に乏《とぼ》しい山家の人の発明に感心したが、そう云ういろいろの郷土の料理を聞いてみると、現代では都会の人より田舎の人の味覚の方がよっぽど確かで、ある意味でわれわれの想像も及ばぬ贅沢をしている。そこで老人は追い追い都会に見切りをつけて田舎へ隠棲《いんせい》するのもあるが、田舎の町も鈴蘭燈《すずらんとう》などが取り附けられて、年々京都のようになるので、そう安心している訳には行かない。今に文明が一段と進んだら、交通機関は空中や地下へ移って町の路面はひと昔前の静かさに復《かえ》ると云う説もあるが、いずれその時分にはまた新しい老人いじめの設備が生まれることは分かりきっている。結局年寄りは引っ込んでいろと云うことになるので、自分の家にちぢこまって手料理を肴《さかな》に晩酌《ばんしゃく》を傾けながら、ラジオでも聞いているより外に所在がなくなる。老人ばかりがこんな叱言《こごと》を云うのかと思うと、満更《まんざら》そうでもないとみえて、頃来《このごろ》大阪朝日の天声人語子《てんせいじんごし》は、府の役人が箕面《みのお》公園にドライヴウェーを作ろうとして濫《みだ》りに森林を伐《き》り開き、山を浅くしてしまうのを嗤《わら》っているが、あれを読んで私は聊《いささ》か意を強うした。奥深い山中の木《こ》の下闇《したやみ》をさえ奪ってしまうのは、あまりと云えば心なき業《ごう》である。この調子だと、奈良でも、京都大阪の郊外でも、名所と云う名所は大衆的になる代わりに、だんだんそう云う風にして丸坊主にされるのであろう。が、要するにこれも愚痴の一種で、私にしても今の時勢の有り難《がた》いことは万々承知しているし、今更《いまさら》何と云ったところで、既に日本が西洋文化の線に沿うて歩み出した以上、老人などは置き去りにして勇往邁進《ゆうおうまいしん》するより外に仕方がないが、でもわれわれの皮膚の色が変わらない限り、われわれにだけ課せられた損は永久に背負って行くものと覚悟しなければならぬ。もっとも私がこう云うことを書いた趣意は、何らかの方面、たとえば文学芸術等にその損を補う道が残されていはしまいかと思うからである。私は、われわれが既に失いつつある陰翳《いんえい》の世界を、せめて文学の領域へでも呼び返してみたい。文学という殿堂の檐《のき》を深くし、壁を暗くし、見え過ぎるものを闇に押し込め、無用の室内装飾を剥《は》ぎ取ってみたい。それも軒並みとは云わない、一軒ぐらいそう云う家があってもよかろう。まあどう云う工合いになるか、試しに電燈を消してみることだ。

(全十六章より、第十五・十六章を掲載)

人が住んでいる

永井龍男

つい先夜のこと、銀座の目抜きの場所で、私は豆腐屋の店を見つけた。陽気のよいこの頃の八時近くで、やっと宵《よい》めいた電通の一側《ひとかわ》裏の通りであった。すっかり仕事の後片付けを終えた、古風な店のうちに、帳つけをしている店の者が二人ばかり、店の脇には、身を横にしなければ通れそうもない銀座特有の横丁があった。

どこへ行っても、そうおもしろいことはなさそうに思われて、その晩は新橋駅から鎌倉へまっすぐ帰るつもりであったが、銀座にまだ豆腐屋があったかと、私はしばらくその前に足を止めた。

そこだけ、如何《いか》にも地道に、人の住んでいる感じで、心がやすまった。

朝の早い商売だから、店を仕舞《しま》うのも早く、いつもは気づかずに前を通っていたのであろう。

「豆腐」と和紙に墨で書いて、灯を入れたガラス箱の看板が、少し黄ばんでいるのもネオンに馴《な》れた眼に銀座離れした風情であった。

二十数年住み馴れた鎌倉の町を散歩していても、こんな処《ところ》にこんな家があったのかと、思わぬ発見をすることがあるから、ひろい銀座で豆腐屋の店を見つけても、珍しがるには及ばないかも知れない。その晩の私は、人の住んでいる銀座を久し振りに感じて、ほっとしたものに違いない。

銀座の表通りのある瀬戸物屋で、地下室一杯にギッシリ詰まった瀬戸物を見て、びっくりしたことがある。地下室というよりは、店の縁の下を最大限に利用して商品置き場にした感じで、うなぎの寝床ほどに狭い店のうちをあらためて見直し、金一升土《かねいっしょうつち》一升《いっしょう》のたとえをなるほどと思ったことがある。

銀座は、街全体をあげてずんずんマーケット化して行く。この瀬戸物屋のように、店内の空間を極限まで利用して商売をし、経営者も従業員も、もうそこには住んでいない。昔から銀座は、ビルの少ない街だったが、それももうしばらくのことであろう。

数寄屋橋《すきやばし》辺りには、われわれの少年時代にあった「勧工場《かんこうば》」を思わせる商店街が出来たが、勧工場と異《ちが》う点は、その通路を歩いていても、なにかに追いかけられているような気忙《きぜわ》しさのつきまとうことだ。

銀座を歩く人が、だれもかれも浮々《うきうき》している訳ではない。その晩の私のように、どこへ行っても、あまり面白いことはなさそうだと、ちぐはぐな気分の人の方が、多いような気さえする。

しかしその人達は、そのくせまだ、すっかりあきらめているのではない。落ち着きのある店で、ちょっとした小買い物をして気を晴らそうとか、静かな店で小酌《しょうしゃく》して帰ろうかなどと、あれこれ迷っているものだ。

だが、落ち着いた雰囲気を持つ店というものは、なに商売によらず、銀座から姿を消して行くようだ。人の住んでいる銀座から、マーケットとしての銀座に、朝来て店を開き、夜店を締めて帰る街に急激に変わって行きつつあるように思われる。

時代の波が、銀座だけを残しておかぬものとすれば、今日の銀座に落ち着きを求めるのは時代錯誤のそしりをまぬかれぬとして、店員達の応対のそらぞらしさや、趣味の低下はどうしたものであろう。

閉店間際のデパートほど不愉快なものはない。そんな時刻に飛び込む客は、必ず買いたいものがあって入るに違いないのだが、店員は露骨に迷惑顔をしてみせる。こういう気風は、しかしデパートに限らず、銀座の店々にもひろがってきた。仲間同士の無駄話には打ち興じながら、客との応対は鼻の先でする粗末さである。

三四年前に、ある婦人雑誌の連載小説の中で、銀座で「贈り物の店」を開く女性を主人公にしたことがある。大小にかかわらず、贈り物をする人の相談役にまわり、気の利いた品物を集めるという思いつきを、小説の中へ生かしてみたのだが、銀座の店はすべて「贈り物の店」でない処はない。それだけのサービスをし、頭を使うかどうかという点だけの相違である。

銀座の真ン中で、一日中テレビをかけている店があったりするのも不思議である。それを眼あての喫茶店なぞならとにかく、テレビを見ながら庖丁を使い、ナイターの勝敗にうつつを抜かしながらすしを握る職人なぞを見ると、店員のために行き届いたサービスをする店だと感心する。

うるさいから、テレビを止めろとは、客の方からはなかなか云《い》い出せぬものである。云い出さないと、客も喜んでいると勘違いしている。ちょっと、相撲の二三番見る程度は、気持ちのなごやかになるものだが、かけっ放しにされると、宵の気分はこわれてしまう。

銀座も田舎になったものだと思う。
銀座の「豆腐屋」は、いつまであすこに店を張っていることだろう。あの店がある
うちは、銀座にまだ人が住んでいるのだ。

変な音

夏目漱石

うとうとしたと思ううちに眼が覚めた。すると、隣の室《へや》で妙な音がする。始めは何の音ともまた何処《どこ》から来るともはっきりした見当が付かなかったが、聞いているうちに、段々耳の中へ纏《まと》まった観念が出来てきた。何でも山葵《わさび》おろしで大根かなにかをごそごそ擦《す》っているに違いない。自分は確かにそうだと思った。それにしても今頃《いまごろ》何の必要があって、隣の室で大根おろしを拵《こしら》えているのだか想像が付かない。

いい忘れたが此処《ここ》は病院である。賄《まかな》いは遥《はる》か半町《はんちょう》も離れた二階下の台所に行かなければ一人もいない。病室では炊事割烹《すいじかっぽう》は無論菓子さえ禁じられている。まして時ならぬ今時分《いまじぶん》何しに大根おろしを拵えよう。これはきっと別の音が大根おろしの様に自分に聞こえるのに極《き》まっていると、すぐ心の裡《うち》で覚《さと》ったようなものの、さてそれなら果たして何処からどうして出るのだろうと考えるとやっぱり分からない。

自分は分からないなりにして、もう少し意味のある事に自分の頭を使おうと試みた。

けれども一度耳に付いたこの不可思議な音は、それが続いて自分の鼓膜《こまく》に訴える限り、妙に神経に祟《たた》って、どうしても忘れる訳に行かなかった。あたりは森《しん》として静かである。この棟《むね》に不自由な身を託した患者は申し合わせたように黙っている。寝ているのか、考えているのか話をするものは一人もない。廊下を歩く看護婦の上草履《うわぞうり》の音さえ聞こえない。その中にこのごしごしと物を擦り減らす様な異《い》な響きだけが気になった。

　自分の室はもと特等として二間《ふたま》つづきに作られたのを病院の都合で一つずつに分けたものだから、火鉢などの置いてある副室《ふくしつ》の方は、普通の壁が隣の境になっているが、寝床の敷いてある六畳の方になると、東側に六尺《しゃく》の袋戸棚《ふくろとだな》があって、その傍が芭蕉布《ばしょうふ》の襖《ふすま》ですぐ隣へ往《ゆ》き来が出来るようになっている。この一枚の仕切りをがらりと開けさえすれば、隣室《となり》で何をしているかは容易《たやす》く分かるけれども、他人に対してそれほどの無礼を敢えてするほど大事な音でないのは無論である。折《おり》から暑さに向かう時節であったから縁側《えんがわ》は常に明《あ》け放したままであった。縁側は固《もと》より棟一杯細長く続いている。けれども患者が縁端《えんばた》へ出て互いを見透《とお》す不都合を避けるため、わざと二部屋ごとに開き戸を設けてお互いの関《せき》とした。それは板の上へ細い桟《さん》を十文字に渡した洒落《しゃれ》たもので、小使いが毎朝拭き掃除をするときには、下から鍵を持って来て、一々《いちいち》この戸を開けて行くのが例になっていた。自分は立って敷居の上に立った。かの音はこの妻《つま》戸《ど》の後ろから出る様である。戸の下は二寸《すん》ほど空いていたがそこには何も見えなかった。

この音はその後もよく繰り返された。ある時は五六分続いて自分の聴《ちょう》神経を刺激する事もあったし、またある時はその半ばにも至らないでぱたりとやんでしまう折もあった。けれどもその何であるかは、ついに知る機会なく過ぎた。病人は静かな男であったが、折々夜半《よなか》に看護婦を小さい声で起こしていた。看護婦がまた殊勝《しゅしょう》な女で小さい声で一度か二度呼ばれると快《こころよ》い優しい「はい」と云《い》う受け答えをして、すぐ起きた。そうして患者のために何かしている様子であった。

ある日回診の番が隣へ廻ってきたとき、何時《いつ》もよりは大分手間が掛かると思っていると、やがて低い話し声が聞こえ出した。それが二三人で持ち合って中々《なかなか》捗取《はかど》らないような湿《しめ》り気《け》を帯びていた。やがて医者の声で、どうせ、そう急にはお癒《なお》りにはなりますまいからと云った言葉だけがはっきり聞こえた。それから二三日して、かの患者の室にこそこそ出入りする人の気色《けしき》がしたが、いずれも己《おのれ》の活動する立ち居を病人に遠慮する様に、ひそやかに振る舞っていたと思ったら、病人自身も影の如《ごと》く何時の間にか何処かへ行ってしまった。そうしてその後へはすぐ翌《あく》る日から新しい患者が入って、入り口の柱に白く名前を書いた黒塗りの札が懸《か》け易《か》えられた。例のごしごし云う妙な音はとうとう見極める事が出来ないうちに病人は退院してしまったのである。そのうち自分も退院した。そうして、かの音に対する好奇の念はそれぎり消えてしまった。

三ヶ月ばかりして自分はまた同じ病院に入った。室は前のと番号が一つ違うだけで、つまりその西隣であった。壁一重《ひとえ》隔《へだ》てた昔の住居《すまい》には誰がいるのだろうと思って注意して見ると、終日かたりと云う音もしない。空いていたのである。もう一つ先が即《すなわ》ち例の異様の音の出たところであるが、此処には今誰がいるのだか分からなかった。自分はその後受けた身体の変化のあまり劇《はげ》しいのと、その劇しさが頭に映って、この間からの過去の影に与えられた動揺が、絶えず現在に向かって波紋を伝えるのとで、山葵おろしの事などはとんと思い出す暇もなかった。それよりは寧《むし》ろ自分に近い運命を持った在院の患者の経過の方が気に掛かった。看護婦に一等の病人は何人いるのかと聞くと、三人だけだと答えた。重いのかと聞くと重そうですと云う。それから一日二日して自分はその三人の病症を看護婦から確かめた。一人は食道癌《がん》であった。一人は胃癌であった、残る一人は胃潰瘍《かいよう》であった。みんな長くは持たない人ばかりだそうですと看護婦は彼らの運命を一纏《ひとまと》めに予言した。

自分は縁側に置いたベゴニアの小さな花を見暮らした。実は菊を買うはずのところを、植木屋が十六貫《かん》だと云うので、五貫に負けろと値切っても相談にならなかったので、帰りに、じゃ六貫やるから負けろと云ってもやっぱり負けなかった。今年は水で菊が高いのだと説明した。ベゴニアを持って来た人の話を思い出して、賑《にぎ》やかな通りの縁日の夜景を頭の中に描きなどして見た。

やがて食道癌の男が退院した。胃癌の人は死ぬのは諦めさえすれば何でもないと云って美しく死んだ。潰瘍の人は段々悪くなった。夜半に眼を覚ますと、時々東のはずれで、附き添いのものが氷を摧《くだ》く音がした。その音がやむと同時に病人は死んだ。自分は日記に書き込んだ。――「三人のうち二人死んで自分だけ残ったから、死んだ人に対して残っているのが気の毒の様な気がする。あの病人は嘔《は》き気があって、向こうの端から此方《こっち》の果てまで響くような声を出して始終げえげえ吐いていたが、この二三日それがぴたりと聞こえなくなったので、大分落ち付いてまあ結構だと思ったら、実は疲労の極《きょく》声を出す元気を失ったのだと知れた。」

その後患者は入れ代わり立ち代わり出たり入ったりした。自分の病気は日を積むに従って次第に快方に向かった。仕舞《しま》いには上草履を穿《は》いて広い廊下をあちこち散歩し始めた。その時ふとした事から、偶然ある附き添いの看護婦と口を利《き》く様になった。暖かい日の午過《ひるす》ぎ食後の運動がてら水仙《すいせん》の水を易えてやろうと思って洗面所へ出て、水道の栓を捩《ねじ》っていると、その看護婦が受け持ちの室の茶器を洗いに来て、例の通り挨拶《あいさつ》をしながら、しばらく自分の手にした朱泥《しゅでい》の鉢と、その中に盛り上げられた様に膨《ふく》れて見える珠根《たまね》を眺めていたが、やがてその眼を自分の横顔に移して、この前ご入院の時よりもずっとお顔色が好《よ》くなりましたねと、三ヶ月前の自分と今の自分を比較した様な批評をした。

「この前って、あの時分君もやっぱり附き添いで此処に来ていたのかい」

「ええついお隣でした。しばらく〇〇さんのところにおりましたがご存じはなかったかも知れません」

〇〇さんと云うと例の変な音をさせた方の東隣である。自分は看護婦を見て、これがあの時夜半に呼ばれると、「はい」という優しい返事をして起き上がった女かと思うと、少し驚かずにはいられなかった。けれども、その頃自分の神経をあのくらい刺激した音の原因については別に聞く気も起こらなかった。で、ああそうかと云ったなり朱泥の鉢を拭いていた。すると女が突然少し改まった調子でこんな事を云った。

「あの頃貴方《あなた》のお室で時々変な音が致《いた》しましたが……」

自分は不意に逆襲を受けた人の様に、看護婦を見た。看護婦は続けて云った。

「毎朝六時頃になるときっとする様に思いましたが」

「うん、あれか」と自分は思い出した様につい大きな声を出した。「あれはね、自働《オート》革砥《ストロップ》の音だ。毎朝髭《ひげ》を剃《そ》るんでね、安全髪剃《かみそり》を革砥《かわと》へ掛けて磨《と》ぐのだよ。今でもやってる。嘘だと思うなら来てごらん」

看護婦はただへええと云った。段々聞いて見ると、〇〇さんと云う患者は、ひどくその革砥の音を気にして、あれは何の音だ何の音だと看護婦に質問したのだそうである。看護婦がどうも分からないと答えると、隣の人は大分快《い》いので朝起きるとすぐ、運動をする、その器械の音なんじゃないか羨《うらや》ましいなと何遍《なんべん》も繰り返したと云う話である。

「そりゃ好いがお前の方の音は何だい」

「お前の方の音って？」

「そらよく大根をおろす様な妙な音がしたじゃないか」

「ええあれですか。あれは胡瓜《きゅうり》を擦ったんです。患者さんが足が熱《ほて》って仕方がない、胡瓜の汁《つゆ》で冷やしてくれと仰《おっしゃ》るもんですから私が始終擦って上げました」

「じゃやっぱり大根おろしの音なんだね」

「ええ」

「そうかそれで漸《ようや》く分かった。——一体〇〇さんの病気は何だい」

「直腸癌です」

「じゃ到底《とても》六《む》ずかしいんだね」

「ええもう疾《と》うに。此処を退院なさると直《じき》でした、お亡くなりになったのは」

自分は黙然《もくねん》としてわが室に帰った。そうして胡瓜の音で他《ひと》を焦《じ》らして死んだ男と、革砥の音を羨ましがらせて快《よ》くなった人との相違を心の中で思い比べた。

赤毛の犬

阿部知二

「……彼は私にたずねました。もし私が彼の妹であったとすれば、私は彼のような兄といつまでも一緒にいたいと思うであろうか、と。私は、きっとそう思うにちがいありませんわ、と答えました。すると彼は、もし彼がここを離れて遠い地に行くとすれば、私は悲しむだろうか、とたずねました。私はコルネイユの本を落としました。答える力がなかったのです……」

川木はそこまで記してペンを置き、煙草《たばこ》に火をつけ、窓の外を眺めた。夏の午後の光が、まばらな木立《こだち》と、その向こうの空地の雑草のむれの上に流れていた。空地では、近所の子供たちが数人、いつものように遊んでいる。その向こうの低い崖《がけ》の上の、樹木の茂みに半ば隠れた白い小さなアパートの窓のいくつかが、日光に眩《まぶ》しくきらめいていた。ちょうど去年のこんな日にこの下宿に引っ越してきた、と思いながら、彼は座布団を枕にして畳の上に体をのばし、ややおそい昼寝をしようとした。半睡《はんすい》の夢の中に、大きな赤毛の犬が走りまわった。

……それは「ジュジュ」という、秋田とポインターとの混血種だったが、川本は移って来て三日とたたぬうちに、その犬が裏の空地で子供たちとじゃれているのを見た。

彼は応召《おうしょう》して五年間中国でつとめた。中尉《ちゅうい》になって帰ってきてみると、妻が亡くなっていた。友人の世話で、神田の某私大の政経科で、昼間は三日、夜間二日、英語を教える口を得ることができ、そのほかの時間は、先輩の翻訳仕事の下請けなどをした。再婚もしないままに、四十近くになっていた。はじめ友人の家に同居していたが、去年その友人に子供が生まれたので、そこを出なければならなくなった。年取った同僚の駒野教授というのが、すぐ近くに二階があいたと、郊外の私鉄沿線のこの家を教えてくれた。杉澤という家で、主人は、年を取り酒好きではあるが腕のいい大工職ということだった。熱海の方に仕事に行っているということで、ほとんど家には顔を見せず、その連れ合いのお藤というお婆さんが、二人の孫――七つの女の子と四つの男の子とを守って暮らしていた。息子、――子たちの父親は、やはり大工だったが、末の子が生まれると間もなく、外に女が出来て飛び出し、最近九州の方で病死したということだ。残された嫁は、下町の方の料亭に出て働いているということで、これも稀《まれ》にしか家に戻らなかった。

移って間もなくの暑い日の午後、彼がうたた寝からさめた時、紙芝居の笛の音が空地の方から流れたので、何気なしにのぞいてみると、赤い大きな犬が、立った房々《ふさふさ》とした尾をふりふり、崖をころがり落ちるように走ってきて迎えた。それから近所の子たちが、もちろん下の孫たちも交えて、その広場に集まった。黒い日遮眼鏡《にっしゃ》の紙芝居屋は、その犬とも馴染《なじ》みとみえて、まず煎餅《せんべい》か何かを一つ投げると、犬は一声吠えて口で受けた。それから子供たちの誰彼《だれかれ》が、箸につけた飴を買って、犬にも分けてやると、器用に何本か口にくわえて、道化《どうけ》るように跳ねまわった。芝居——飛行機乗りの冒険というようなものらしいのが、いよいよはじまると、犬は子供たちの最後列に身を退いて、行儀よく坐った。お藤の下の孫がしゃがんでその犬を抱き、口を嘗《な》め合うようにしていた。

「ほほ、先生も見ていらっしゃる。愛嬌《あいきょう》ものなんですよ、あの牝犬《めすいぬ》は」いつの間にか、番茶をいれて上ってきていたお藤婆さんが川木の背中から声をかけ、それから自分でも窓ぎわに立って空地を眺めた。

「ジュジュって、妙な名なんですよ」

「どこかの飼い犬ですか」

「それが呑気《のんき》なやつで……」と話好きらしい婆さんはその犬について話しはじめた。元は、ここから少し離れた高台の邸宅に飼われていたが、生来遊び好きなのか、いつの頃からかこの辺をうろつきまわる癖がつき、今では家に帰ることを忘れて、この空地あたりを根城《ねじろ》にして野犬の暮らしをしながら、近所の子供らにとってはなくてはならぬものになっている。子供らがどんな悪戯《いたずら》をしても、決して抗《さか》らわず、なすに任せて相手になる。婆さんの下の孫など、動物ぎらいとでもいうのか、はじめは恐ろしがったが、そのうち、ちょっと尾にさわり、それから背中をさすり、というようにして、今ではあのように馴《な》れてしまった。そして子供らは、みなで可愛がり、これは自分たちの犬なのだと思っている。

婆さんが話し終わって下りて行って間もなく、外の紙芝居も終わった。子供たちは、またじゃれつき跳ねまわり出した犬を、「ジュジュ、ジュジュ」と囃《はや》し立てていた。

初秋の午後、学校から帰ってきた彼が、電車の駅におりると、出口のところに、下宿の姉弟が、すこし傷《いた》んだお召《めし》を着た、浅黒い小粋な女と立っていた。彼らの母が家に訪ねてきたのを見送っているのだろうと思ったが、知らぬ顔をして通り抜けた。しばらく歩くと、後ろから「先生！」と姉の方の声がした。子供たちは母と別れて、彼を追って家にもどるところだった。

「お母さんだね」とたずねた。

「ええ」姉の方が低い声で答えた。

「お土産をもらったね」とビスケットの紙包みを持っている弟にたずねた。

「うん」とうなずいたが、しばらくして、それよりももっと重大なことを思い出したというように大きな声で「先生。ジュジュすごかったよ。ね、姉ちゃん、強かったね」といった。

「そうよ、ジュジュすごかった」姉も悲しみを忘れたような声を張った。

近くにいるロローという猛犬とあの空地でさっき喧嘩《けんか》をして、勝って追い払ったということを、二人はそれから口々に彼に話した。家に帰ると、お藤婆さんまでが、熱心にそのことを話した。ロローというのは、やはり高台のお邸《やしき》――えらい実業家の邸の土佐種だかの猛犬で、兇暴《きょうぼう》で、いままでに何人、いや何十人と、出入りの者や通行者を襲って噛《か》みつき、何人かには怪我をさせもした。界隈のものは恐怖しているが、その家では、それをなかなか繋いでくれようともしない。しかし今し方ジュジュが、そのロローとぶつかり、はじめは危うくも見えたが、とうとう見事に相手を打ち負かし、それが泣きながら逃げ出したときには、子供たちはもちろんのこと、その時外に出て喧嘩を見ていたお藤婆さんまでが、思わず歓声をあげたという。

川木がしばらく寝そべって本を読んでいると、紙芝居の笛が聞こえた。この頃彼は、空地でジュジュが遊ぶ時には、仕事もやめて窓から眺める癖になっていた。子供たちは一層いきいきと紙芝居屋を迎え、口々にジュジュの喧嘩のことを彼に告げているらしく、やかましかった。いつもより多くジュジュは煎餅や飴をもらった。しかし芝居がはじまると、何本もの箸をくわえて、子供たちの後ろにまわって坐り、聞き入るように静かに首をかしげた。

その時に川木はふと、崖の上のアパートの二階の一つの窓がひらき、そこから女の白い顔が空地の群れをじっと眺め下ろしているのを見た。遠かったし、彼の眼は悪かったし、日暮れのうすい霧《きり》がただよっていたから、どのような女と見きわめることはできなかったが、紙芝居がすむまで、その顔は窓に動かなかった。そして紙芝居屋が立ち去ると、黄色い服の端を見せながら少し窓から乗り出し、ジュジュを呼んだようだった。犬は一散に走り、崖に飛び上り、アパートの裏庭の方に突進した。すると窓が閉じた。その女は、かねてからジュジュを可愛がり、窓から見つめたり呼んで物をやったりしているのだろうと思われた。それに今まで彼が気づかなかったのは、夏の間はその窓を葉桜の梢《こずえ》が深く隠していたからであろう。

彼はすぐに窓をしめ、本を読みはじめたが、どういうわけだったか、その時今日は妻の病死した日だったことを忘れていたと気づいた。しばらくして服に着換えて、街に酒を飲みに出た。

それから、空地で子供と犬とが遊ぶのを眺める時、葉が落ちてあらわになったアパートのその一角の窓の方に眼をやることが何度かあったが、それが開いていたこと、そこに女の顔が浮かんだことは少なかった。いつもその室《へや》にいるというわけでもなかったのであろう。

ある午後、子供たちが空地で、「ジュジュ、ジュジュ」というのが障子《しょうじ》越しに聞こえたが、少し常とちがって、声を抑えているようなところがあった。開けてみると、何処《どこ》から来たか大きな白犬がジュジュを狙って挑みかかっていた。ジュジュは、多くの牝犬のように恐慌して逃げまどったりはしない。ゆっくりとして白犬を待ちかまえている。川木は、そのところで障子を締めた。その間ぎわに、ちらとアパートの方に眼をやったが、窓は開いていなかった。さっきまで開いていたようだったが、今締まったらしい、というような錯覚めいたものをその時に感じたが、それをもみ消そうとして煙草に火をつけた。煙草を吸っているとき、突然、頓狂《とんきょ》な「はまった！」という叫び声が聞こえた。同僚の駒野教授の十ばかりの子の声と聞きおぼえがあった。

それから何日か、近所の大人たちも、また子供たちも、ジュジュのことに触れようとしなかったし、犬が、ときどき空地を横切ったりしても、近づくものがなかった。お藤婆さんの話では、駒野の奥さんが、あの犬は何とか始末しなければ子供の教育に悪いといい出し、婆さんや隣の山原の奥さんたちで取りなしているところだが、駒野夫人がなかなか聴き入れぬ、ということだった。

しかし日が経つうちにそのことも忘れられ、子供たちがまた空地ににぎやかに群がってジュジュと遊んだ。何度が紙芝居もきた。

川木が翻訳にくたびれていた時、隣の庭で干し物でもしているらしい山原の奥さんに、この家の女の子が、「あのね、ジュジュのおばちゃんね、今日素敵な外套《がいとう》着て歩いてたわ」と話しているのが聞こえた。山原の奥さんは、「そう？　いいわねえ」と明るい声でこたえていた。このひとの主人は、下町の糸問屋だかに勤めているが、店の景気が悪くて勢いがない。八つの男の子も病身である。しかし彼女はいつもいきいきとした顔色をしていた。歌曲《リード》や、時には流行歌をひとり歌うことが好きだ。

「ジュジュのおばちゃんなんて、およし。ばかばかしい」下の縁側にいたお藤婆さんが腹立たしそうに孫に呼びかけた。

「でも、素敵だったよ」

「外人なんかアパートへ連れて来て……」婆さんは吐きすてるようにいった。

「パンパンなの？　あのおばちゃん」

「およし」婆さんはもう一度きつく叱《しか》った。

孫は空地の方に逃げた。山原の奥さんが笑う声がかすかに聞こえた。川木は、「ジュジュのおばちゃん」というのは窓の女にちがいないと思った。婆さんか山原の奥さんに聞けば、どんな女か知っていて詳しく教えてくれるでもあろう。しかしその勇気は出なかった。その夜彼は、枯れ草の中に寝そべったジュジュの夢を見た。それから、どこからともなく現れた背の高い眼の大きい女を見、彼はしきりにその女を追った。

冬になる頃、川木は出来ればこの下宿から出たいと思うようになった。はじめから承知の上のことだったが、世話をしてくれた駒野さんの家とあまりに近いことが窮屈だった。中老の駒野さんは、学校でも家でも、また時たま川木と電車で一緒になる時にも、温和で親切なのだが、それでもこちらの生活のすみずみを知られているという気持ちが重かった。痩《や》せた、青い顔の夫人を、川木は極力避けて、かかり合いにならぬようにしているが、彼女の口を通じて、近所の人々に、彼の学校での低い位置や薄《はっ》給《きゅう》や、学校では「赤」と見られているようだということまでが、一部始終知れ渡っているらしかった。またその長男が学校の政経科に通っているのだが、彼の口から、川木が夜学の帰りに駅前の屋台店で正体なく酔っていたこととか、友人の家での麻雀《マージャン》と称して三日も下宿を開けたこととかが、すぐに学生の間にひろまるらしかった。この下宿は割合に静かでいい所ではあったが、早く他に室を探さなければならないと思われた。

その頃、いつからとはなしに、彼もジュジュと仲好《よ》くなっていた。手なずけようというつもりからでもなかったと思うが、ふと食物や菓子を投げてやったり、近づいてくる頭を撫でたりしているうちに、犬の方からも狎《な》れ親しんできた。子供たちと遊んでいない時など、犬が彼を電車の駅まで送ってくることもあった。その雪もよいの日暮れ、夜学に出て行った時も、彼の後から、家並みのまばらなだらだら坂を従《つ》いてきた。その時に、曲がり角のところで、灰色のコートで和装を包んだ三十ばかりの女に出会った。ジュジュがその方に飛び出した。窓の女だということを、彼はすぐに感じた。背が高く、顔は少し疲れを見せて蒼白《あお》かったが、眼が大きかった。その背の高さや眼の大きさについて、彼は前から知っていたような気がする。遠い窓の中でぼうと見ていたばかりだったのだが、彼の悪い眼が、視覚の力というよりは一種の想像の力のようなものを働かせて、それを見ていたのであったろう。

女は、彼を冷ややかに一瞥《いちべつ》しただけで、すぐ行き過ぎた。ジュジュは、しばらく彼と女との間にためらっていたが、当然というように、尾をいそがしく振りながら女の後を追って、元の道に引き返して行った。

適当な室はなかなか見当たらなかった。

風の寒い夜、少し飲んで帰ると、お藤婆さんが、「先生大変でしたよ」といいながら、彼を茶の間に招《よ》んだ。となりに孫たちはもう寝ていた。

「何が大変だったんですか」とすすめられた渋い茶をのみながら、婆さんにきいた。

「ジュジュが、すんでのこと犬取りに持っていかれるところでしたんですよ。ええ、今日のお昼過ぎ、犬取りが来ましてね、捕まえちゃいましたよ。すると、近所界隈の子がわんわん泣くやらで大変な騒ぎでね、こりゃあどうも放っとけんてもので、私が出ていって、犬取りに頼んだんですよ。いや、近所の奥さんたちも――駒野の奥さんだけは来なかったがね、――後はぞろぞろ応援に出てくれましたわ。中でも、お隣の山原の奥さんが――ああ見えて確《しっか》りしてるんですね、犬取りつかまえて、この犬は絶対に悪いことしやしません、わたしらで責任持って見ますから、どうぞ許してやって下さい、って向こうが仕様ことなしにうんというまで、後に引きゃあしなかったんですよ」

「それで助かったんですね。そりゃよかった」

「先生も、お留守でなかったら、是非とも出て頂くとこでしたよ」

「うん、これからそんなことがあったら、僕も大いにやりますよ」少し酔っていたので、そんな調子のことをいった。

「しかし……」婆さんは、機嫌を直した孫たちの寝ている室の方をちらりと見てから、つづけた。「ところが……また困ったことになりそうなんですよ」

「何ですか、僕大いにやりますよ」

「それはね、あの例のジュジュのおばちゃんっていう得態《えたい》の知れぬ女が、その時は、アパートの窓からでも見てたんでしょうが、知らん顔していたくせに、犬が助かった後になると、のこのこ崖の上へ這《は》い出てきて、ジュジュって甘ったるい声で呼ぶんですよ。ジュジュの馬鹿め、お尻尾《しっぽ》ふりふり行くんだから、張り合いがありませんよ。大方、トンカツの残りでも食わせたんでしょ。あの女、今度は自分一人で飼う気になったんじゃないかしら、あんな女に独り占めされちゃあ、子供らが可哀そうじゃありませんか、先生」

「うん」

「もしそうなったら、こっちも大勢で押し掛けて取りかえすんですわね」

「うん」だが、僕も出掛けましょうとは、どういうものかいわなかった。

しかし、日が経ったが、女が自分の飼いものにしようとした様子もなく、犬はやはり空地を中心にして遊びほうけていた。川木は、一日に一度か二度かは、寒風の吹く窓を開けてそれを眺める。そういう時アパートの、裸木の梢の上の窓に、眼をやらずにはおられなかったが、そこに白い顔が浮かぶのは、七八度に一度くらいのことでしかなかったろう。向こうでこちらの窓に気がついているかどうかも分からなかった。

しかし、一月あまりも経つと、何日もその窓に顔が見えなかった。そして、ある雪の後の朝、はげしい犬の啼《な》き声におどろいて眺めてみると、ジュジュが、また襲ってきたロローとむごたらしく噛み合いをして、この時も最後には勝って、子供たちをうれしがらせたのだが、その時アパートのその窓からは、若い男の顔が二つ重なり合ってのぞき、げらげらという笑い声がここまで流れてきた。

「ジュジュのおばちゃん、アパートにいなくなったんだって」と下の女の子が婆さんに告げているのを、間もなく聞いた。

「ふん、あんなもの、何かにつけていない方がよろしいよ」婆さんはいっていた。

何日かして、さり気なく婆さんに、その女のことを訊《たず》ねてみた。

「よく知りませんね」と気の乗らぬ声だったが、それでも近所の奥さんにきいたといって、「何でも鎌倉だか横浜だかに越したんですって、旦那でも変えたんでしょうか。だけど、そんなお体裁のいいことといっても、案外新橋かどこかのガードのとこにでも立ってるんじゃないですか。先生、行ってご覧なさいましよ」といった。

春になっても、他の室を探すことができなかった。

アパートのその窓を蔽《おお》って、色の濃い八重桜の花が咲いて、去年の夏から、葉桜、落葉、枯枝と見てきたばかりの川木の眼をおどろかせた。しかしその色のかげからは、二人の青年の顔が時々のぞくばかりである。

午後、街からの帰りに、だらだら坂のところで、今度は上からおりてくる、灰色のスーツのその女と行き合ったが、そのときこちらをみとめたようだった。ちらと微笑のようなものが眼にひらめいたとも思ったが、それは多分思いちがいだったろう。何ということなく、真っ直ぐに家には帰らないで、裏道から空地の方にまわって行ってみると、そこでは常のように子供たちが、ジュジュをかこんで何かさわいでいた。下宿の女の子が早くも彼をみとめて、

「先生、あのジュジュのおばさんがいま来たのよ」と昂奮《こうふん》したような声でいった。

「ジュジュに、ハムだの何だの持ってきて食わせたよ」と駒野氏の子供がいった。

「抱っこしたり撫でたり、とても可愛がったわねえ」一人の女の子がいった。

「あたい、……」下宿の子がいった。「おばちゃんに、ジュジュ取りに来たの？　っていってやったの。そうすると、取りに来たんじゃない、また時々ジュジュと遊びに来るだけ、っておばちゃんがいったわ」

子供たちは、その女に貰ったキャラメルらしいのを、分けて食べていた。川木は、そうすればあの女は、またここに来ることがあるかも知れぬと思った。

桜が散り出したころ、また何処からか、去年の秋の白犬があらわれて、ジュジュに挑みはじめた。ジュジュは、その襲撃も避けず、また人間の眼も少しもはばからず、悠々《ゆうゆう》として白犬の愛を受け入れようとしていた。アパートの窓からは、一層高いげらげら笑いがひびいた。子供たちはみな一種の不安状態におち入り、ひどく神経質になっているようだった。川木は窓を終日閉めることにした。

訪ねてきた友人と将棋《しょうぎ》をさしていた時、急に何人かの子供の泣き声がどこかから聞こえてきた。窓を開けてみたが、空地には子供も犬もいなかった。アパートの向こう側のあたりから、その声は立ったものらしかった。間もなく庭の方で、「ジュジュ」という婆さんのつぶやき声が聞こえた。

「待ってくれ」と友人にいって、川木は急いで二階を降りて外に出た。婆さんもその方に行ったか、影が見えなかった。彼は裏手にまわり、空地を横切り、崖を這い上り、柵をこえて、アパートの横手のやや広い道路に出て行ってみた。子供たちが、みな泣いていた。何人かの近所の奥さんたちが、ぼんやりと立っていた。その真ん中に駒野夫人が、エプロンのままで立っており、眼のふちを赤くしている山原夫人に向かって、「致しかたがございませんよ、これは」といっていたが、彼を見ると、ちょっと眼で挨拶した。道をまわって、ようやくやってきたお藤婆さんは、泣く二人の孫にすがられながら、やはり、「どうも仕様がないですわねえ」といい、駒野夫人に食ってかかる様子も見せなかった。一人の子が、「ジュジュ。ジュジュが殺される、助けて!」と叫んだが、大人たちはただ黙っているばかりだった。

それから、子供たちは毎日気の抜けたようになっていた。しばらくは空地にも立ち入らなかったのは、そこではジュジュが思い出されて悲しかったからであろう。それでも、夏になるころまでには、少しずつ忘れて行ったのか、みな快活さを取り戻したようだった。川木には、まだ室が他には見つからなかった。そして、この下宿で一年を送ったことになった。女が、あれから空地にあらわれた様子がなかったのは、何人《なんぴと》かを通じて、早くジュジュの死を知ったからだったかもしれない。いや、元々二度と訪ねてくる気もなかったのだろう。

……座布団を枕にしてのうたた寝の中で、川木は「ジュジュ、ジュジュ」という子供たちに声を聞いたような気がした。しかしその半睡状態の中で、これは夢の中のことなのだ。死んだジュジュが出てくるはずもない。と考えた。そしてまた少し深く眠り出し、ジュジュが青草のうえに飛びまわり、いつの間にか女もきて子供たちと一緒にそれにたわむれている夢を見た。それからまたしばらくして、「ジュジュ」という声が聞こえたようだった。

窓からの西日がまわってきて熱くなったためか、それから二十分ほどして、本当に眼をさました。すぐ窓ぎわに寄って空地を見おろしたが、もちろんジュジュも子供たちもいなかった。女が来ていようはずがなかった。だが、眼をこすりながら、夢にしてはあまりにもはっきりと、子供たちの「ジュジュ」と呼ぶ声を聞いたようだと思った。「どうかしているぞ」と呟《つぶや》いて、また翻訳の机に向かい、

「……小さい妹よ、と彼はいいました。我々が別れたならば、いつまでも君は私をおぼえているだろうか。

それは答えられませんわ。だって、いつになったら私は、この地上のすべてのことを忘れるものになれるのかは分かりませんもの……」

「ばかばかしい」とまた呟き、ペンを置き、また座布団を枕にしてころがり、煙草に火をつけた。アパートの若者の一人が、窓のところで掻くギタを鳴らしていた。

しばらくして夕飯の時、お藤婆さんの話を聞いて、夢についての疑問が解けた。

「さっきジュジュの二代目が来て子供たちと遊んだんですのよ。何でも、ジュジュがこっちへ来て野良犬になる前に、お邸で生んだ子らしいのですよ。よく似てました。で、血筋って争われんものですわね。それがお邸で飼って貰ってるくせに、おふくろの性質《たち》に似てきたんでしょうよ、この頃ふらふら出歩く癖がついて始末が悪いんですって。お邸の書生が来て、そんなことといって、これじゃこれからよく繋いどかにゃ、って引っ張って帰りましたけど。野良の血ってものなんでしょうね」

恋と神様

江戸川乱歩

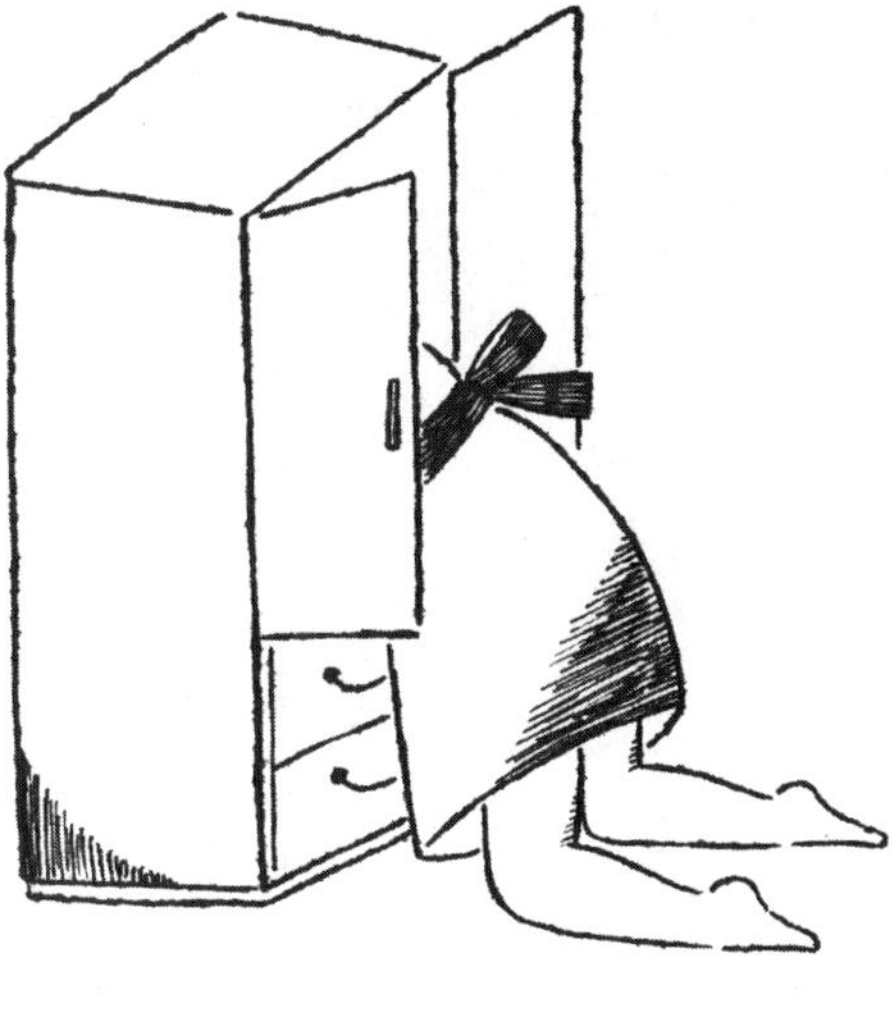

小学校の一二年の頃だと思う。いやに淋《さび》しい子供で、夕暮れの小路《こうじ》などを、滅入《めい》る様に暗くなって行く、不思議な色の空を眺めながら、目に涙を浮かべ、芝居の声色《こわいろ》めいて、お伽噺《とぎばなし》の様な、詩の様な、訳の分からぬ独りごとをつぶやきつぶやき、歩いていたりした。

不思議なことに、夜一人で寝ていて、猿股《さるまた》をはかない両腿《りょうもも》が、スベスベと擦《す》れ合う、あの物懐かしい感じが、この世の果敢《はか》なさ味気なさを連想させた。

八歳の私には、腿の擦れ合う感じと、厭世《えんせい》とは同じ事柄の様に思われた。たった一人ぼっちの気持ちだった。命の果敢なさ、死の不思議さなどが、ごく抽象《ちゅうしょう》的な色合いで私の頭を支配した。

妙なことに、それは殆《ほとん》ど夜中に限られていた。昼間は近所の子供達と、普通の遊戯《ゆうぎ》に耽《ふけ》った。

そんな心持ちから、私はその時分、私自身の神様を祭《まつ》っていた。私の所有に属する古い小箪笥《こだんす》があって、それの開き戸になった中へ、丁度《ちょうど》仏壇の様な装飾を施し、そこへ何かしら書いたものを、勿体《もったい》らしく白紙に包んで祭ったのだ。そして、時々そこを開いて、心の中で礼拝《らいはい》しながら、これさえあれば大丈夫だと思っていた。

この神様が守って下さるから、一人ぼっちでも怖《こわ》くはないのだ。この神様がお友達だから他の子供にいじめられても、ちっとも淋しくはないのだ。と固く信じていた。

(断って置きますが、当時私には祖母も父も母も健在で、兄弟もあり、召使《めしつか》いもあり、家庭はごく暖かだったのです。)

だが、私の八歳の厭世は、おかしいことに、恋というものに、しっくりと結びついていた。性的な懐かしさが、この世の淋しさと、殆ど同じものに感じられた。無論肉体的な色情《しきじょう》を解した訳ではないけれど、八歳の子供にだって、恋というものは分かっていた。

しかし、私の恋は夜、蒲団《ふとん》の中で、腿を擦り合わせながら、ふと涙ぐましくなる様な、それ故《ゆえ》に、厭世と隣り合わせの、ごく淋しい、抽象的なものに過ぎないのであった。よく、ほがらかな秋の夕暮れなどに感じる、胸の中がスーッと空《から》っぽになる様な心持ち、あの心持ちが、私に神様を拵《こさ》えさせ、同時にまた恋を思わせたのである。

その様な時に、私は生まれて始めての恋人を発見した。

その相手は同じ小学校の、二年ばかり上の級の女生徒で、自分にとっては、何だか姉さんといった感じのする娘だった。恐らく学校中での美人で、家柄もよく、成績も無論優等で級長なんか勤めていた。

その娘を、遠くの方から、チラリチラリと眺めては、胸の痛くなる思いをしていた。長く見つめている勇気すらなかった。

何かこう自分とはまるで人種が違う様で、娘が友達と物を云《い》ったり、お手玉をしたりしているのを見ると、そんな普通の行いをするのが、却《かえ》って不思議な様に思われた。一人で道を歩いている時、夜中に床の中でふと目醒《めざ》めた時などに、私は必ずその娘の姿を幻《まぼろし》に描いた。そして、やるせない思いに我《われ》と我《わ》が胸を抱き締めたりした。私は様々の妄想《もうそう》を描いた。(云うまでもなく、純粋にプラトニックな)中《なか》におかしいのは、私の家がどうかして、引っ越しをして、その跡《あと》へ彼女の家が移って来るかも知れないという妄想だった。

私は人目につかぬ様な、部屋の隅っこの柱などへ、片仮名で、奇妙な恋文を認《したた》めた。

それはもし彼女が私の家へ移って来たならば、彼女だけ分かる様な、簡単な落書きだった。あたなのためにになら、私は喜んで死にます。という様なことを書いた。考えて見ると、私は当時から妙に秘密がかった傾向を持っていた。

やがて、私の思いは堪え難《がた》くなって、数日の間考えに考えたことを、私としては非常な決心で、断行した。私はある朝、学校へ行く時、一枚の清浄な白紙を小さく正方形に切って、手帖《てちょう》の間にはさんで置いた。

彼女の級も私の級も同じ入り口から教場へ入るのだ。入り口の両側には細かく区切った下駄《げた》箱が、ズッと並んでいた。彼女達のは右側、私達のは左側に。いつの間にか、私は彼女の赤い鼻緒《はなお》の駒下駄を見覚えていた。

教場へ出入りの度《たび》ごとに、その穿《は》きふるしの下駄が、何か非常に美しい花の様な感じで、私の目を惹《ひ》きつけるのだ。

さて放課時間の終わりに、私はまるでスリでもある様に、用心深くあたりを見廻しながら、す早く彼女の下駄箱に近づいて、用意していた白紙を、その赤い鼻緒の間へさし入れた。そして、次の一時間の授業が終わるのを、どんなに待ち遠しく思ったか。鐘が鳴って礼がすむと、飛ぶ様に下駄箱のところへ来た。幸い彼女はまだ教室にいると見えて、赤い鼻緒は元のままだった。早鐘《はやがね》の様な動悸《どうき》をじっとこらえて、私はさい前《ぜん》の白紙を取ると、懐中《ふところ》の手帖の中へしまい込んだ。

か様にして私は、彼女の霊を盗んだつもりだった。

家へ帰ると、誰もいない時を見はからって、手帖からその紙切れをうやうやしく取り出して、長い間眺めていた。

そこからは霊妙《れいみょう》な香気《こうき》さえ感じられた。やがて、私はそれを一枚の半紙《はんし》の中へ、丁寧に畳み込み、例の私の神棚へ祭った。

それ以来、彼女は常に私の傍にあった。その紙切れは私の守り神であった。ふと淋しくなると私は小箪笥の開きをあけて、神にぬかずく様に彼女の霊を拝《はい》した。そして、少なからぬ満足を覚えていた。

一人ぼっちも、闇の夜も、私はもう淋しくも怖くもなかった。

これが私の八歳の恋物語です。

遥《はる》かに当時を回顧すれば、あまりにも人らしくなった今の私が、妙にけがわらしく、恥ずかしく感じられます。

余が言文一致の由来

二葉亭四迷

言文一致《げんぶんいっち》についての意見、と、そんな大した研究はまだしてないから、寧《むし》ろ一つ懺悔《ざんげ》話をしよう。それは、自分が初めて言文一致を書いた由来——も凄《すさ》まじいが、つまり、文章が書けないから始まったという一伍一什《いちぶしじゅう》の顛末《てんまつ》さ。

もう何年ばかりになるか知らん、余程《よほど》前のことだ。何か一つ書いて見たいとは思ったが、元来の文章下手で皆目方角《かいもくほうがく》が分からぬ。そこで、坪内《つぼうち》先生のもとへ行って、どうしたらよかろうかと話して見ると、君は円朝《えんちょう》の落語を知っていよう、あの円朝の落語通りに書いて見たらどうかという。

で、仰《おお》せのままにやって見た。ところが自分は東京者であるからいうまでもなく東京弁だ。即《すなわ》ち東京弁の作物《さくぶつ》が一つ出来た訳だ。早速、先生のもとへ持って行くと、篤《とく》と目を通しておられたが、忽《たちま》ちはたと膝《ひざ》を打って、これでいい、そのままでいい、生《なま》じっか直したりなんぞせぬ方がいい、とこう仰有《おっしゃ》る。

自分は少し気味が悪かったが、いいと云《い》うのを怒る訳にも行かず、と云うものの、内心少しは嬉しくもあったさ。それは兎《と》に角《かく》、円朝ばりであるから無論言文一致体にはなっているが、ここにまだ問題がある。それは「私が……でございます」調にしたものか、それとも、「俺はいやだ」調で行ったものかと云うことだ。坪内先生は敬語のない方がいいと云うお説《せつ》である。自分は不服の点もないではなかったが、直して貰おうとまで思っている先生の仰有る事ではあり、まず兎も角もと、敬語なしでやって見た。これが自分の言文一致を書き初めたそもそもである。

暫《しばら》くすると、山田美妙《やまだびみょう》君の言文一致が発表された。見ると、「私は……です」の敬語調で、自分とは別派である。即ち自分は「だ」主義、山田君は「です」主義だ。後で聞いて見ると、山田君は始め敬語なしの「だ」調を試みて見たが、どうも旨《うま》く行かぬと云うので「です」調に定めたという。自分は始め、「です」調でやろうかと思って、遂《つい》に「だ」調にした。即ち行き方が全然反対であったのだ。

けれども、自分には元来文章の素養がないから、ややもすれば俗《ぞく》になる、突拍子《とっぴょうし》もねえことを云やあがる的になる。坪内先生は、も少し上品にしなくちゃいけぬという。徳富《とくとみ》さんは（その頃『国民之友』に書いたことがあったから）文章にした方がよいと云うけれども、自分は両先輩の説に不服であった、と云うのは、自分の規則が、国民語の資格を得ていない漢語は使わない、例えば、行儀作法という語は、もとは漢語であったろうが、今は日本語だ、これはいい。しかし挙止閑雅《きょしかんが》という語は、まだ日本語の洗礼を受けていないから、これはいけない。磊落《らいらく》という語も、さっぱりしたという意味ならば、日本語だが、石が転がっているという意味ならば日本語ではない。日本語にならぬ漢語は、すべて使わないというのが自分の規則であった。日本語でも、侍《はべ》る的のものはすでに一生涯の役目を終わったものであるから使わない。どこまでも今の言葉を使って、自然の発達に任せ、やがて花の咲き、実の結ぶのを待つとする。支《し》那《な》文や和文を強《し》いてこね合わせようとするのは無駄である、人間の私意でどうなるもんかという考であったから、さあ馬鹿《ばか》な苦しみをやった。

成語、熟語、すべて取らない。僅《わず》かに参考にしたものは、式亭三馬《しきていさんば》の作中にある所《いわ》謂《ゆる》深川《ふかがわ》言葉という奴だ。「べらぼうめ、南瓜《かぼちゃ》畑に落っこちた凧《たこ》じゃあるめえし、乙《おつ》うひっからんだことを云いなさんな」とか、「井戸の釣瓶《つるべ》じゃあるめえし、上げたり下げたりして貰うめえぜえ」とか、「紙幟《のぼり》の鍾馗《しょうき》というもめツけえした中揚底で折りがわりい」とか、ないしは「腹は北山しぐれ」の、「何で有馬の人形筆」のといった類《たぐ》いで、いかにも下品であるが、しかしポエチカルだ。俗語の精神はここに存するのだと信じたので、これだけは多少便《たよ》りにしたが、外《ほか》には何にもない。もっとも西洋の文法を取りこもうという気はあったのだが、それは言葉の使いざまとは違う。

当時、坪内先生は少し美文素を取り込めといわれたが、自分はそれが嫌いであった。否《いな》寧ろ美文素の入って来るのを排斥《はいせき》しようと力《つと》めたといった方が適切かも知れぬ。そして自分は、有《あ》り触《ふ》れた言葉をエラボレートしようとかかったのだが、しかしこれはとうとう不成功に終わった。恐らく誰がやっても不成功に終わるであろうと思う、中々《なかなか》困難だからね。自分はこうして詰《つ》まらぬ無駄骨《むだぼね》を折ったものだが……。

思えばそれもある時期以前のことだ。今かい、今はね、坪内先生の主義に降参して、和文にも漢文にも留学中だよ。

日本の小僧

三遊亭円朝

主人「定吉《さだきち》や。」

小僧「へえ、お呼びなさいましたか。」

主人「この手紙を矢部のところへ持ってまいれ。ただ置いて来ればいいんだよ。返事はいらないから。さア使い賃《ちん》に牡丹餅《ぼたもち》をやろう。」

小僧「ありがとう存《ぞん》じます。」

主人「そこで食べるなよ。帰って来てから食べなさいな。」

小僧「へえ、それでもこれを置いてまいりますと、栄《えい》どんだの文《ぶん》どんが皆食べてしまいます。」

主人「それでは何処《どこ》か知れないところへ隠して置け。」

小僧「へえ、よろしゅうございます……何処へ隠そうな。アア、台所へ置けば知れないや。下流《したなが》しへこう牡丹餅を置いて桶《おけ》で蓋《ふた》をしてと。人が見たら蛙《かえる》になるんだよ。

いいかえ、人が見たら蛙だよ。おれが見たら牡丹餅だよ。」とそっと隠して出て行くのを主人が見て、アハハ、これが子供の了簡《りょうけん》だな。人が見たら蛙とは面白い。一ツあの牡丹餅を引き出して、蛙の生きたのを入れて置いたら小僧が帰って来て驚くだろうと、洒落《しゃれ》たご主人で、それから牡丹餅を引き出してしまって、生きた蛙を一疋《いっぴき》投《ほう》り込んで置おきました。ところへ

小僧「いってまいりました。」

主人「大《おお》きにご苦労だった。早く牡丹餅を食べな。」

小僧「へえ、ありがとう存じます。アア、ここなら誰も知りやアしない。桶で蓋をしてあるから気が附かない。」

と開けて見ると蛙が飛び出した。

小僧「アレ、こりゃアいけねえ。おれだよ。オイオイ、ホッホッ。そんなに飛ぶと餡《あん》が落ちるよ。」

柿の実

林芙美子

隣家《となり》には子供が七人もあった。越して来た当座《とうざ》は、私のうちの裏庭へ、枯れた草酸漿《ほおずき》が何時《いつ》も一ツ二ツ落ちていて、檜《ひのき》の垣根《かきね》の間から、その隣家の子供達が、各々《おのおの》くちの中で酸漿をぎゅうぎゅう鳴らしながら遊びに来た。

風のよく吹く秋で、雲脚《くもあし》が早くて毎日よく落葉がお互いの庭に溜まっていった。

「おばさまおちごとですか？」

下から二番目の淵子ちゃんと云《い》う西洋人形のような子供が、私のうちの台所の窓へぶらさがってはばあと覗《のぞ》いた。

元隣家は、年寄り夫婦がせまい庭を手入れして鶏なぞを飼って住まっていたのだけれども、大阪の方へ息子さんを頼って行ってしまって、長い間空き家になっていた。夏中《じゅう》草が繁ってしまって、鶏小舎《とりごや》の中にまで白い鉄道草《てつどうぐさ》の花がはびこったりしていたのが、子供が七人もある人達が越して来ると、草が何時の間にかなくなってしまって、いい空き地がたちまち出来上がり、子供達は自分より大きい箒《ほうき》で、落葉をはいては火をつけて燃やしていた。

夏中空き家であった隣家の庭に、私がねらっていた柿の木があった。無性に実をつけていて、青い粉をふいていた柿の実が毎日毎日愉《たの》しみに台所から眺められたのに、あと二週間もしたら眺められると云う頃、七人の子供を引き連れたこの家族が越して来たので、私はその柿の実をただうらやましく眺めるより仕方がなかった。

落葉を燃やしながら四番目のポオちゃんと云う男の子が、お母さまこの柿の実は何時頃もいでいいのとたずねている。背の低い肥《ふと》った子供の母親が、にこにこして柿の木をみあげ、さあ、まだまだ駄目《だめ》ですよ。こんな青いの食べるとおなかを悪くしますよと云っている。

私も台所をしながら、黒いふのある柿の実を透《す》かして眺めた。

半かけの雲が落葉といっしょにひらひらするような乾いた秋であった。雨がちっとも降らなかった。隣家の話し声がよく私の仕事部屋へきこえて来た。――もうそろそろ寒くなるのねえ、ほら、お話をするともう私のくちから湯気が出るわよお母さま、一番おおきい澄子さんと云う十四歳の少女の話し声だ。

この家族が越して来て間もなく、洽子ちゃんと云う十二になるお姉ちゃんと、ポオちゃんが手紙を持って、夜が更《ふ》けてから遊びに来た。手紙には大泉黒石《おおいずみこくせき》と書いてあった。まあ、そうですか、お父さまもよかったらいらっしゃいなと云うと、男の子はすぐ檜の垣根をくぐってお父さんをむかえに行った。

洽子さんはまるで大人のようにきちんと坐って、静かなお家ですねと云った。私は何だかいじらしくなって、ラジオをかけて、面白いでしょうと云った。丁度《ちょうど》アルルの女の曲で、喇叭《らっぱ》が綺麗《きれい》にはいっていた。洽子さんは黒と赤のだんだらのジャケツを着て何時も手を隠している。どらどらおばさまに洽子さんのお手々みせてちょうだいと云うと、可愛い手をそっと出して拡げた。その手は可愛かったけれどもまるで大人のように荒れていた。洽子さんお台所なさるのと聞くと、ご飯焚《た》くわよと云って、くすりと笑ってみせた。私は大泉黒石と云うひとにまるで知識がないので、どんなお話をしたものかと考えていると、ポオちゃんの連れて来た大泉さんは、まるで自分の家へあがるみたいにかんらかんらと笑って座敷へあがって来て、私の母の隣へ坐ったものだから、母は吃驚《びっくり》したような眼をしていた。手拭いを腰にぶらさげて、息子さんのつんつるてんの飛白《かすり》を着ているせいか、容子《ようす》をかまわないひとだけに山男のように見えた。

月に三百円はかかると話していられた、大変だなと思った。

台所が好きだと云う洽子さんを見ていると、私も十一二の頃祖母の家にあずけられて飯を焚いていた頃を思い出して、洽子さんのふくらんだ頬《ほお》が私のおさない時によく似ているように思えた。

「洽子さん柿の実はもう食べられるでしょ」

「あら、あの柿ねえ、愉しみにしていたら、大家さんでみんな持って行っちゃったのよ。つまンないわ」

その翌《あく》る朝、台所の窓から柿の梢《こずえ》を見あげると、青い実一つ残らずみんなもいであって、柿の木の下には、柿の落葉がいっそうたまっていた。

淵子ちゃんが何かひとりごと云いながら、炭俵《すみだわら》の縄《なわ》で柿の枝へブランコを吊っている。おっこちるわよと声をかけると、ねえ、柿の実が天へ飛んでったンですって、だから、だからブランコしてもいいっておかあさまが云ったのよと、小さな手で縄を結《むす》んでいる。私は丘の上にある町の八百屋へ行って、小さい甘柿を二升《ます》くらいも買って来て、淵子ちゃんのいる隣家へ少しばかり持たせてやった。

台所から覗くと淵子ちゃんがもう柿を噛《かじ》りながら唄《うた》をうたっている。

「淵子ちゃんお父さまは……」

「お酒のんでンの」

「お母さまは」

「おちごと」

「お兄さまは」

「ガッコ」

「お姉さまは」

「お母さまのお手つだい」

「洽子さんは」

「ガッコ」

「澧子ちゃんとポオちゃんは」

「ガッコよ」

「坊やは……」

「あばあばって云ってンの」

柿の実はおいしいかってきくと、わたしリンゴの方が好きよと、はえそろった下の皓《しろ》い鼠《ねずみ》っ歯で、ギシギシ柿の皮をむき始めた。

私は子供がほしいと思った。裏口から外へ出ると、檜の垣根から淵子ちゃんのくりくりしたお手を引っぱった。なあに、ううんちょっといらっしゃい。いいお話よと云うと、淵子ちゃんはしゃがんでいる私の頬へそっと耳を持って来た。おかしくなってしまって私も小さい声であのねえとくちを耳へ持って行くと、乳臭い子供の匂いがして、私は感じたこともない胸さわがしさで、どうきが激しく衝《う》った。

落葉の上にしゃがんで、両手で顔をおおうていると、隠《かく》れん坊《ぼう》のことなのと、縄を持った五才の淵子ちゃんは、私を置いてどっかへ走って行ってしまった。

今年は最早《もはや》その家族もサギノミヤとかへ越してしまった。隣家の柿の実は早や小さい実を鈴なりにつけているが、今年は日照りがなかったからまずいだろう。

亡弟

中原中也

ああ、もう、死んでしまおうか……

自分の正直さが、というよりも歌いたい欲望が、というよりも酔っていたい性情が、強ければ強いだけ、〈頭を上げれば叩かれる〉この世の中では、損を来たすこととなり、損も今では積もり積もって、この先生活のあてもなくなりそうになっていることを思うと、死んでしまおうかと思うより、ほかに仕方もないことであった。

『どうせ死ぬのなら、僕は戦争に行って死ぬのならよかった』と、病床《びょうしょう》の中から母に語ったという、一昨年死んだ弟のことを思い出しては、いとおしくて、涙が流れるのであった。――苦しい受験生活の後で、ようやく入学が出来たかと思えば、その年の秋から床に就《つ》き、どやどやっと病状が進んで、もう百中九十九まで助からないことが事実になったのだと思った弟が、母にそう云《い》った時には恐らく、私なぞの未だ知らない真実があったに相違ない。

弟は、母にだけそう云ったのだし、母もまた弟が死んでしまってからそう云ったと語ってきかせた。聞いた時にはちょっと、何故《なぜ》生きているうちに話してくれなかったのかと、怨《うら》めしい気持ちがしたが、俯《うつむ》いている母をジッと見ていると、生きているうちには語りたくなかったのだと分かった。

死ぬが死ぬまで、大概の人間が、死ぬのだとは信じ切れないのでこそ、人は生きてゆく所以《ゆえん》でもあるのだが、母もまた私も、祖母もまた他の弟達も、死ぬが死ぬまで、死ぬだろうと思いながらも死ぬのだとは思っていなかったので、いよいよ死んでしまった時には、悲しみよりもまず、ホーラ、ホラホラと、ギョッとして顔を見合わせるといった気持ちが湧き起こったのだった。

秋床に就き、東京の病院に翌年三月までいて、郷里《くに》に帰った。そしてその年の十月二十三日には、不帰《ふき》の客となったのだったが、私は八月初めに帰り、九月八日まで弟の傍にいた。死ぬにしてもそんなに早く死ぬとは思っていなかったし、案外癒《なお》るのだろうとさえ思っていた私は、『尿器《にょうき》をとってくれ』という弟の声が、あまりにも弱々しい時には腹さえ立てた。

医者が来ると、母を出して、私は弟の部屋から引っ込むのであったが、ある日私は、自分の耳の下の二分《ぶ》ばかり小高くなった脖腫《はれもの》を診察して貰おうと思ったので、弟の寝ている部屋に出て行った。

弟は、私が現れると、私を見て、それから医者の顔を見た。私の下手な挨拶《あいさつ》、それでも父のいない家では、私が戸主《こしゅ》なのだから、それにたまにしか帰って来ない田舎のことだし、私自身は不評判な息子なのだからと思うと、せいぜい世俗《せぞく》的な丁寧さをもってくる私の挨拶を見て、弟はあてが外れたという顔をしていたし、私自身もちょっと恥ずかしくなった。

医者は弟から二尺《しゃく》くらい離れた位置に、聴診器をあてるでもなく、何をするでもなく、坐って弟を時々視《み》守っていた。私はあとで知ったことだが、医者はもう到底駄目《だめ》だと前々から思っていたので、毎日やって来ては、三十分なり一時間なり、そうして弟の相手になってやっているのだった。

ジッと医者が弟を視ると、弟はすぐにその次には、私の顔を見るのであった。その眼は澄みきって、レンズのようで、むしろ生き物のものというよりは器物《きぶつ》のようであった。縁側《えんがわ》に吊るした金魚鉢か何かのように、毀《こわ》れ易《やす》く、庭の緑を映しているようなものであった。これが自分の弟であろうかと、時たまそんな気持ちになるほど、その眼は弱々しく、自分の眼との間に、不思議な距離が感じられるのであった。

いたいたしいなと思うと、その次にはもうはやく癒ればいいのにと、思うのは利己《りこ》の心であった。

『もっと気持ちを大きくもって、少々努めてでも大きい声を出すような気持ちになれば、案外さっさと癒るのだろうとわたくしは思いますが』と、私は強《し》いて笑顔を作りながら、弟の顔を伺い伺い医者に向かって云った。

『だってそんなに云ったって』と弟は、医者の顔をチラと見て、私に云った。『そんな気持ちになれないのだから仕方がない……』と云った弟の眼には涙が滲《にじ》んでいた。

悪かったと私が思っていると、

『いいえいいえ、昂奮《こうふん》なすっちゃいけません。昂奮なすっちゃいけません』と、私に背を向けたまま、医者は弟を宥《なだ》めすかしているのであった。

私と弟との間に暫《しばら》く、緊張した沈黙が続いていると、医者は振り返って私の方を向いて云った。

『ですから、弟さんには、何時《いつ》もお話ししているのです。人は諦めが肝心なのです。誰しも』と云って医者は急にお経《きょう》でも誦《よ》むような気持ちになって、『一度は死ぬことなのです。そう思って諦めれてですな、ゆっくりした気持ちでいられれば一日でも長く生きていられることがお出来なるのです。』

私はギョッとして聴いていた。話しながら医者が再び弟の方を向いており、はじめて云っていることではないという調子であり、弟がまた、まんざらシラジラと初めて聞くような顔も出来ないといった表情をして、私の方に視線を送った時には私はギョッとした。弟の眼は、秘密が露見《ろけん》した時に人がする眼であり、まあそんなことを云ってくれてはと、あわてている私を見た時に、弟の眼はタジタジとした。

医者はまあ、弟に前々からそんなことを云って聞かせていたのであったか？ だがもうその言葉を、弟から撤回する術《すべ》はない……私は何といってよいか分からなかった。とりかえしのつかない思いに、ただただあわてふためいていた。それからなお医者の繰り返すところによると、医者はもう、ハッキリとこの病気は癒らないのだからと、もうだいぶ前から云っていたのだということが、分かった。

弟はとみると、私に秘《かく》していたことがすまなかったという気持ちもまじえて、まじまじとうるんだ眼をして私を見ていた。『だが別に、秘していたというわけではない』と、私のする察しが、同時に弟の眼の推移でもあるのであった時には、私はすみやかに下を向くよりほかはなかった。

しかもなお、弟は自分の死を信じていたであろうか？　否！　誰としてからが、自分の死を、真個《しんこ》信じるということは、根本的にはないのである。一般には、このような場合、弟は既に死を信じていたものと語られる。しかもそれは、約束しておいたから、明日はあの男も喫茶店で待っているであろうというので、明日あの男は喫茶店にいるよというのと同様で、それはなお信じているのではなく、信じたとすることによって人の世の生活が進展する、方便《たずき》たるに過ぎぬ。

『ええ、ええ』と、医者のダミ声は云うのであった。『平気で、平気で、気持ちをゆたらかに持たれて……』

『馬鹿《ばか》ッ！』というのと同じ顔をして、私は医者の顔に向かった。けれどもその私の顔はまたすぐに赦罪《しゃざい》の顔になり、世間普通のとりつくろいの感情となった。すると弟は、チラリとその時私を見た。

そうだ、そうだと、近頃でもその時のことを思い出すと、わけても酒をあおった夜なぞ、独りになると思うのだ、私はシラジラしい男だ。――人々よ、君らには私をシラジラしい男という権利がある！……

だがまた、これは場違いな話ではあるが、そうした私の心理の傾きを、ある時は、私がメタフィジックな函数《かんすう》を持ち客観性を失わない所以だと思うのであってみれば、そしてそれもまた、まんざら理由のないことでもないのであってみれば、私はでは、どうした心構えをとればよいのであろうか？

だからさ、だから『悲しみのみ永遠にして』と、ヴィニィの言うのは本当だなぞと、考えることは出来るにしても、はやそう考える段となれば、早くも私の悲しみはゴマ化《か》されているに過ぎない。……

だから、だから人間は、気狂いにならないために概念作用を持っている……か。そうかそうかだ。だがここに到って自体考えなぞというものが、およそなっちゃあいないものであることを、思わないではいられない。

『その脬腫《おでき》は』と医者は席を立とうと思ったかして、私の方に向き直ると云うのであった。『放って置かれれば何時か自然に取れます。手術して取れないこともありませんが、痕跡《あと》が残りますしそれに、そうお邪魔でもないでしょう。』

弟は私がそれを聞いてる間、ズッと私を視守っていた。医者はもう一度弟の方を向き、『ではまた明日《みょうにち》。お静かにしていらっしゃい。』弟は医者の顔をジッと視ているだけで、一言も云わなかった。

私は何か、心残りであった。死を観念させられている弟の前で、ちょっとした腫物《はれもの》のことなぞ持ち出したことはと、そんな気持ちもするのであった。

医者が帰った後で、うっかりまた耳の下へ手をやっているのを、弟の眼がマジマジとするので気が付いて、急に手を下ろすと、一瞬弟の眼は後悔の色を浮かべるのであった。暑い日で、扇風器《ぜんぷうき》が廻っていたが、医者が帰ったので、少しそれをとめてくれと弟は云った。やがてぐるりと寝返りをうって、向こうへ向いたが、その時の頬《ほお》のあたりは、今でも思い出すと涙が滲む。


九月八日の宵《よい》であった。私はその夜の汽車で東京に向けて立つことにしていた。弟の寝ている蚊帳《かや》のそばにお膳《ぜん》を出して、私はそこで、グイグイと酒を飲んでいた。『今度はうんと、勉強すらあ』なぞと、時々蚊帳の中の、よくは見えない弟に対して話しかけながら、私は少々無理にお酒を飲んでいた。

それでも今晩立つのだといえば、若々しく、私は東京の下宿屋の有り様なぞをも、フト思い浮かべたりするのであった。弟にはさぞ羨《うらや》ましいことだろうと、思ってみては遣る瀬《やせ》ないのであったが、こんな場合にも、なお生活の変化は嬉しいのである。だがまた、東京にいて何時売れるともない原稿を書き、淋《さび》しくなっては無理酒《むりざけ》を飲む、しがない不規則な日々を考えると、ガッカリするのであった。

羨ましがることはないよ。俺のこの八年間の東京暮らしは、こうこうこういうものだと、云ってやろうかとも思ったが、また云う気にもなれず、母が聞いては心配するばかりだと、黙ってしまった。

そのうちに、なんとも弟の顔が見たくなったので、蚊帳の中に這入《はい》って行き、『では行ってくるからな』とかなんとか、云った。

やがて母が俥《くるま》が来たと知らせた声に、弟は目をパチリと開けた。『あんまり酒を飲まないようにしてくれ。』というなり弟は目をつむり、もう先刻《さっき》から眠っているもののようになった。『じゃあ大事に。』けれども弟はそのままであった。目を開けさして、私はもう一度言葉を掛けようと思った。『泰三《たいぞう》、――泰三。』『およしおよし』と蚊帳のそばまで来ていた母が云った。私は諦めて蚊帳を出ると、飲み残しの酒を急いで飲んだ。

駅までの田圃路《たんぼみち》を俥に揺られながら、私も母の云うように、もう二三日でもいてやればよかったと思った。しかし、敢えて出て来たというのは、——つまり何時までそうして弟の傍に、東京に生活（？）のある私がいるということは、もうこの数日来では、弟の死を待っていることのようであった。死を待つわけもないのだが、私にしても今はもう弟の死を近いことに思っていたので、滞在を一日一日と伸ばすことは、今日死ぬか今日死ぬかということのような気がするのでもあった。

『この節《せつ》は東京はどちらにおいでで』という、車夫《くるまや》の、暗がりの水溜《た》まりを避《よ》け避け云う声に、フト私は我に帰った。『目黒の方だ』と、随分力を入れて答えたのではあったが、その声はかすれていた。俥が揺れるたんびには、今にも涙が落ちそうであった。


それから二週間も経ったある日、下宿の二階で爪を切っていると、弟からの手紙が届いた。

『僕は元気だ。昨日と今日は、床のそばに机を出して貰って、レンブラントの素描を模写した。友達の住所録も、整理した。この分で直《じき》に、庭くらいは歩けるようになるだろう。兄さん、僕は元気だ。兄さんもどうぞ元気でいてくれ。』それからちょっと置いて、ちがった字体で、『やっぱり迷わず和漢《わかん》の療法を守っていればいいのだね。西洋医学なぞクソでもくらえだ』とあった。

私は喜んだ。しかしほんとだろうか。だがやっぱり不治《ふじ》なぞということはないだろうと、私はなお一縷《いちる》の望みは消さないで持っていたことに、誇りをさえ感じた。秋の日を受けた、弟の部屋の縁側は明るく、痩《や》せ細った足に足袋《たび》を穿《は》いて、机に向かっている弟の姿が、庭の松の木や青空なぞと一緒に見えた。

『あれが中日和《なかびより》というものだったのでしょう』と母は、埋葬《まいそう》を終えた日の宵、私達四人の兄弟がいるところで云った。

『中日和って何』と、せきこんで末の弟は訊《き》いた。

『死ぬ前に、たいがいそのちょっと前には、気持ちのいい日があるものなんです。それを中日和。』

友達を訪ねて、誘い出し、豪徳寺《ごうとくじ》のあるカフェーに行って、ビールを飲んだ。その晩は急に大雨となり、風もひどく、飲んでる最中二度ばかりも停電した。客の少ない晩で、二階にいるのは、私と友達と二人きりであった。女給《じょきゅう》達は、閑《ひま》なもので、四五人も私達のそばに来ていた。そして、てんでに流行歌を、外は風や雨なので、大きい声で唄《うた》っていた。急に気温が低くなり、私は少々寒くなったので、やがて私も唄い出した。やがてコックが上がって来て、我々の部屋の五つばかりの電燈《でんとう》を、三つも消してゆくと、我らの唄声は、益々《ますます》大きく乱暴になってゆくのであった。

テーブルも椅子も、バカッ高く、湿《しめ》った床は板張りで、四間《けん》に五間のその部屋は、厩《うまや》のような感じがした。

そこを出て、大降りの中を歩いて、私と友達とは豪徳寺の駅で別れた。ガタガタ慄《ふる》えながら下宿に帰って、大急ぎで服を脱いで、十五分もボンやりと部屋の真ン中で煙草《たばこ》を吹かしていると、電報が来た。『高村さん電報です』と、下宿のお主婦《かみ》は、何時もながらの植民地帰りの寡婦《かふ》らしい硬い声で、それでも弟の死だろうと、大概は見当が付いていたものとみえ、流石《さすが》に眼を伏せて、梯子段《はしごだん》の中途から、ソッと電報を投げ込んだ。

『タイゾウシス』

私はその電報を持って、部屋の真ン中に立ったまま、地鳴りでも聞いているような恰好《かっこう》で、事実なのだ、これは事実なのだと、声もなく呟《つぶや》いているのであった。

時計をみた。十一時二十分であった。もう汽車はない。明日一番で立とう。だがなあ……と悲しい心の隅にはまた、へんに閑《かん》のある心があって、こんなことをも思ってみるのであった。死んでから急いだってなんになろう……だがこんなことを考えるのも可笑《おか》しい、うん、可笑しい。それにしても、――私はまた更《あらた》めて思うのであった、弟は既に旅立っている。弟はもうこの世のものではないのである！――私は眼を遠くに向けた。硝子障子《ガラスしょうじ》の向こうには雨戸があった。もう閉めていたのであった。柱も壁も、何時もどおりであった、そしてそれはそうであるに違いなかった。

私は同宿人《どうしゅくにん》のいないことが、つまり六畳と三畳二間《ま》きりのその二階が私一人のものであることが、どんなに嬉しかったか知れはしない。存分に悲しむために、私は寝台にもぐって、頭から毛布をヒッかぶった。息がつまりそうであった。が、それがなんであろう、私がビールを飲んでいる時、弟は最期の苦しみを戦っていた！

火葬場《やきば》からの帰途《かえり》、それは薄曇りの日であったが、白っぽい道の上を歩きながら、死んだ弟の次の弟が、訊かれたでもないのに、フト語り始めるのであった。『泰ちゃんは、大きな声で色んなことを云い出したよ。医者の奴は、脳にまいりましたと云ったよ。それから、すぐに麻痺《まひ》させる注射をした。……だがあの時は、大きい声で云ったことは、泰ちゃんの気象を全く現していたよ。』『あれあ実際……脳に来たのでもなんでもなかったんだよ。』とその一つ下の弟は続けて、そっぽを向くのであった。

『大きい声で何を云ったんだい。』

『それあ』と云って上の弟は、ちょっとどれから云おうかとしたのであった。云えるものか、しかし……何か云おう。

『梶川《かじかわ》(医者の姓)、おまえは俺を殺す！　……実際、大きい声だったよ』と云って弟は涙をゴマ化すのであった。

道は少しのデコボコだったが、私は前々夜来《やらい》睡眠をとっていなかったので、僅《わず》かのデコボコにも足許《あしもと》がフラフラし、頭もフラフラした。冷たい軽い風のある日で、ワイシャツの袖口《そでぐち》あたりに、ウブ毛の風に靡《なび》くのが感じられるようなふうであったことを記憶している。道に沿ったお寺の、白い塀壁《へいへき》の表面のウス黒い埃《ほこり》や、そこに書いてあった〈へのへのもへじ〉なぞも、目に留《と》まっていて離れない。その塀に沿った、紙や泡《あぶく》のヒョロヒョロと顫《ふる》えているドブは、それを見ながら歩くことが嫌ではなかった。

焼香《しょうこう》の返礼《へんれい》を、私が如何《いか》に大真面目《おおまじめ》に勤めたかは、今考えると滑稽《こっけい》でもある。

母は、医者のところへは、一番最後にゆっくりと出掛けて行って、その時はお礼の品も持って行くのだと吩付《いいつ》けた。『ええ』とは云ったものの医者の顔をジックリと思い浮かべてみるのであった。

その日が来た。行ったのは午後の四時頃であった。その日もやっぱり曇っていて、十月末の日はもう、医者の玄関に這入ると仄暗《ほのぐら》かった。

挨拶をすますと、まあちょっと上がらないかと云う。『ゆっくり弟さんの話でもしましょう。』

たまに帰って来ている、自分の友人（父は生前その医者の友達であった）の長男は、どんな男だろうかという、私に対するイヤな好奇心もあったのだが、若い患者に、あなたの病気は癒らないのだということを何か悟《さと》ったことでもあるように思ったりするこの田舎医者は、恰度《ちょうど》その時患者もいなく、夕飯前の時刻を、ボンヤリしていたのであってみれば、上がって話せというその言葉も、かなり自然なものであった。私にしてからが数日来の色々のお勤めが、やっとここで終わりを告げるのであってみれば、この町に、今は自分の友人とてもない身の、フラフラッと、久しぶりにゆっくり話そうという気にもなったしまた、先にこの医者が死んだ弟にあなたは死ぬんだなぞといった時、ビックリさせられた印象が、何かこの田舎医者の中に追求してみたいという気持ちを、漠然《ばくぜん》と抱《いだ》かせていたので、瞬時躊躇《ちゅうちょ》はしたものの、よし、では上がってやろうという気を起こしたのであった。

『では』と云って、私が背《うし》ろの硝子戸を締めると、医者の奥さんは、ニッコリとした。『獲物がかかった……』云ってみればそうなのである。

更めてまた哀悼《あいとう》の辞《じ》を述べた後、この医者は、私の東京における生活の模様を、何かと訊くのであった。やがてそれも絶えると、僕は年齢の二十あまりも違う大人の前に罷《まか》り出た青年の、あの後悔を感ずるのであった。代議士の妾宅《しょうたく》であったその家は、却々《なかなか》立派であったので、私は『結構なお住まいです』なぞと、柄にもないことを云って、またあらたな後悔をするのであった。

やがて酒はどうだという。私はまだ死んだ弟の仇打《あだう》ちをしなければならないと、云ってみればそのような気持ちを、この医者と対座して以来益々抱いていたので、さりとてその緒口《いとぐち》も見付からない時であったので、ええ、戴《いただ》きますとそう云った。その云い方がやけにまた力を籠《こ》めていたので、奥さんは医者を見て妙な顔付きをした。『うん、持って来い。』奥さんは酒の仕度《したく》に行った。

読者よ、何卒《なにとぞ》ここに見られる私の執拗《しつよう》を咎《とが》めないで下さい。お咎めになるまでもなく、私自身こういう点では十分に罰せられている。しかしそれにしても、もし今後私が少々人物を書き分けることができるとすれば、それはこの執拗をもって、辛《つら》いながらも人に接し、小胆《しょうたん》なくせに無遠慮《ぶえんりょ》でもあるからなのです。

酔いが廻るに従って、私はまた例の如《ごと》く喋舌《しゃべ》りまくした。その私はげにも大馬鹿三太郎であった。後ではまた慚愧《ざんき》するのだとも思わないでもないのだが、これが私の人に親炙《しんしゃ》したい気持ちの満たし方でありました、かくすることによって私は人に懐《なつ》き、人を多少とも解するのである。その大馬鹿三太郎を抑制することは今、この医者の友人の長男を可笑しきものとしないためには役立つのであるが、自己表現欲、あるいはまた智的《ちてき》好奇心のためには、ただただ害があるのである。されば、ままよ。損をすることには馴《な》れている。少なくともお酒が這入っていれば、淡白というか愚《おろ》かというか、人が体面を慮《おもんぱか》って遠慮するていのことくらいは、ても眼中《がんちゅう》にないのである。

私はそこで、『貴方が弟を到底助からないと信じていらっしゃることを知った後では、看護婦でもいい、卑《いや》しい女でもいい、ええ、つまり卑しい女の方がいい、ともかく何らかの点で弟が好きになる女と、忽《たちま》ち結婚させたかった』とも云い、『どうせ死ぬと、仮令《たとえ》分かっていても、患者に云い聴かせることはお願いですからやめて下さい。』とも云った。

するとと医者はまた、例の悟りを参照しようとするから、『いいえ、それは間違っています。諦めが大事であるとはいえ、諦めがつかないことが直ちに愚かであるとは申せません。この世に乞食《こじき》はいるものだということが真《まこと》でも、では若干《じゃっかん》は乞食もいるようにすべき理由はないのと同じことでございます』と、死んだ弟を思えば、弟が身をもって感ぜしめられた事を種に、私はまたなんたる狂態《きょうたい》だろうと、かにかくに自責《じせき》の情が湧くのでもあったが、独りいては、あれやこれやと迷い夢みる私であれど、人に対しては男性的というか論理的というか、思い切りよく理性的であるのであった。

奥さんは、もう出ては来ず、奥の方で琵琶《びわ》を掻《か》きならし、その子供のない太っちょの、快活無比《かいかつむひ》の奥さんが鳴らす琵琶の音は少々ぞんざいで、嘲弄《ちょうろう》されているような気持ちもされるのであった。が、こんな気持ちを咬《か》み殺すことにも、私は今云ったようにかなり男性的である。

しかもなお、ちょっと立って便所に行こうとすると、途中で曲がっている梯子段を踏み過《あやま》って、私は四五段も辷《すべ》り落ち、肘《ひじ》をしたたか磨《す》り剥《む》いたのだが、驚いてとんで来た医者に、抱き取られながらも、いい気味だいい気味だ、死んだ弟を忘れていたから罰《ばち》が当たったのだと、急にまた千万無量《せんまんむりょう》な思いをするのであった。心臓よ、ドキドキと鳴れ、肘よ痛め。これが死んだ弟への懺悔《ざんげ》の一端《いったん》ともなれば、ああなんと、嬉しいことであろう!……

酒は顔全面にのぼって来て、頭の心《しん》はヅキヅキした。

それからなお三十分も飲んだ後、辞して立とうとすると、先刻は腰も打ったとみえ、腰が痛くてよろけそうになり、医者に助けられて自動車に入れられた時は、なんとも羞《は》ずかしく、玄関に立って可笑しさを怺《こら》えていた奥さんの顔は、自動車が田圃の中の道路を走っている間中《あいだじゅう》、眼に浮かぶのであった。

家に著《つ》くや無理に、気持ちを引き立てて、腰の痛みをみせまいように一心《いっしん》に姿勢を作って、『ただ今』といと冷然《れいぜん》と云った。

『まあまあ、沢山《たくさん》に飲んで。また今まで何のお話をしていたのでしょう。』と母はその貧血の顔をのぞけて私を感じ取るのであった。

『いいえただ、泰三の思い出話ばかりしていました。先生は僕の東京の話なぞ訊くものですから、分かりよく納得のゆくように話しました。』

母は悲しげに私から眼を離すのであった。

『もうみんな休みましたね』云いながら私は私の寝床のある離れの方に歩いた。

その部屋には、祖母と私の床があったのであるが、私が部屋に這入ると、祖母は目を覚まし、『おおおおご苦労だった』と云った。

悔恨《かいこん》は胸に迫って、仰《あおむき》に寝ても、横になっても寝付かれなかった。一町《いっちょう》ばかり先にある、今自分の乗った自動車の通って来た道を、オートバイが遠雷《えんらい》のように近づき、やがて消えていった。

佐竹の原へ大仏を拵えたはなし

高村光雲

私の友達に高橋定次郎氏という人がありました。この人は前にも話しました通り高橋鳳雲《ほううん》の息子さんで、その頃は鉄筆《てっぴつ》で筒《つつ》を刻《ほ》って職業としていました。上野広小路《うえのひろこうじ》の山崎（油屋）の横を湯島《ゆしま》の男坂《おとこざか》の方へ曲がって中ほど（今は黒門町《くろもんちょう》か）に住んでいました。この人が常に私の宅《たく》へ遊びに来ている。それから、もう一人田中増次郎という蒔絵師《まきえし》がありました。これは男坂寄りの方に住んでいる。どことなく顔の容子《ようす》が狐《きつね》に似ているとかでこんこんさんと綽名《あだな》をされた人で、変わり物でありましたが、この人も定次郎氏と一緒に朝夕遊びに来ていました。お互いに職業は違いますが、共に仕事には熱心で話もよく合いました。ところで、もう一人、やはり高橋氏の隣に住んでる人で野見長次という人がありました。これは肥後《ひご》熊本の人で、店は道具商で、果物の標本を作っていました。枇杷《びわ》、桃、柿などを張り子で拵《こしら》え、それに実物そっくりの彩《さい》色《しき》をしたものでちょっと盛り籠《かご》に入れて置き物などにもなる。縁日などに出して相当売れていました。この野見氏の親父《おやじ》さんという人は、元、熊本時代には興業物に手を出して味を知っている人でありましたから、長次氏もそういうことに気もあった。この人も前の両氏と仲善《よ》しで一緒に私の宅へ遊びに来て、互いに物を拵える職業でありますから、話も合って研究し合うという風でありました。

ある日、また、四人が集まっていますと、相変わらず仕事場の前をぞろぞろ人が通る。私達の話は彼《か》の佐竹《さたけ》の原の噂《うわさ》に移っていました。

「佐竹の原も評判だけで、行ってみると、からつまらないね。何も見るものがないじゃありませんか。」

「そうですよ。あれじゃ仕様《しよう》がない。何か少しこれという見世物《みせもの》が一つくらいあってもよさそうですね。何か拵えたらどうでしょう。旨《うま》くやれば儲《もう》かりますぜ。」

「儲かる儲からんは兎《と》に角《かく》、人を呼ぶのに、あんなことではあまり智慧《ちえ》がない。何か一つアッと云《い》わせるようなものを拵えてみたいもんだね。」

「高村さん、何か面白い思い附きはありませんか。」

というような話になりました。

「さようさ……これといって面白い思い附きもありませんが、何か一つあってもよさそうですね。原の中へ拵えるものとなると、高値なものではいけないが、と云って小《ち》っぽけな見てくれのないものでは尚更《なおさら》いけない……どうでしょう。一つ大きな大仏《だいぶつ》さんでも拵えては……」

笑談《じょうだん》半分に私は云い出しました。皆が妙な顔をして私の顔を見ているのは、一体、大仏を拵えてどうするのかという顔附きです。で、私は勢い大仏の趣向《しゅこう》を説明して見ねばなりません。

「大きな大仏を拵えるというのは、大仏を作って見物を胎内《たいない》へ入れる趣向なんです。どのみち何をやるにしても小屋を拵えなくてはならないが、その小屋を大仏の形で拵えて、大仏を招きに使うというのが思い附きなんです。大仏の姿が屋根にも囲いにもなるが、内側では胎内潜《くぐ》りの仕掛けにして膝《ひざ》の方から登って行くと、左右の脇の下が瓦燈口《がとうぐち》になっていてここから一度外に出て、印《いん》を結んでいる仏様《ほとけさま》の手の上に人間が出る。そこへ乗って四方を見張らす。外の見物からは人間が幾人も大仏さまの右の脇の下から出て、手の上を通って、左の脇の下へ這入《はい》って行くのが見える。それから内部の階段を曲がりながら登って行くと、頭の中になって広さが二坪《つぼ》くらい、ここにはその目の孔《あな》、耳の孔、口の孔、並びに後頭に窓があって、そこから人間が顔を出して四方を見張らすと江戸中《じゅう》が一目に見える。四丈《じょう》八尺《しゃく》くらいの高さだから大概《あらまし》のところは見える。人間の五六人は頭の中へ這入れるようにして、先様お代わりに、遠眼鏡などを置いて諸方《しょほう》を見せて、客を追い出す。降りて来ると胴体の広い場所に珍奇《ちんき》な道具などを並べ、それに因縁《いんねん》を附け、何かおもしろい趣向にして見せる。この前笑覧会《しょうらんかい》というものがあって、阿波《あわ》の鳴戸《なると》のお弓の涙だなんて壜《びん》に入れたものを見せるなどは気が利《き》かない。もっと、面白いことをして見せるのです……」

「……そうして切りの舞台に閻魔《えんま》さままでも躍《おど》らして、地獄もこの頃《ごろ》はひまだという有り様でも見せるかな……なるほど、これは面白そうだ。」

「大仏が小屋の代わりになるところが第一面白い。それで中身が使えるとは一挙両得《いっきょりょうとく》だ。これは発明だ。」など高橋氏や田中氏は大変おもしろがっている。ところが野見氏は黙っていて何とも云いません。考えていました。

「野見さん、どうです。高村さんのこの大仏という趣向は、名案じゃありませんか。」

高橋氏がいいますと、

「そうですな。趣向は至極《しごく》賛成です。だが、いよいよやるとなると、問題は金ですね、金銭《かね》次第だ。父親《おやじ》に一つ話して見ましょう。」

野見氏は無口の人で多くを語りませんが、肚《はら》では他の人よりも乗り気になっているらしい。私は、当座《とうざ》の思い附きで笑談半分に妙なことをいいましたが、もし、これが実行された暁《あかつき》、相当見物を惹《ひ》いて商売になればよし、そうでも無かった日には、飛んだ迷惑を人にかけることになると心配にもなりました。

野見長次さんは早速父親さんにその話をしました。

野見老人は興業的の仕事の味の分かっている人。これは物になりそうだ。一つやって見たいというので、長次さんが老人の考えを持って来て、また四人で、相談して、一応、私はその大仏さまの雛形《ひながた》を作って見るということになりました。(実のところは雛形を作っても大工や仕事師に出来ない。また金銭問題で止《や》めになるに違い無いとは思いましたが、兎に角、自分で云い出したことだから雛形に掛かりました)

その日は竹屋へ行って箱根竹《はこねだけ》を買ってきて、昼の自分の仕事を済ますと、夜なべをやめて、雛形に取り掛かりました。見積もりの四丈八尺の二十分一、即《すなわ》ち二尺四寸《すん》の雛形を作り初めたのです。まず坪を割って土台をきめ、しほんと云って四本の柱をもって支柱を建て、箱根竹を矯《た》めて円蓋《えんがい》を作り、そのしほんに梯子段《はしごだん》を持たせて、いつぞやお話した百観音《ひゃっかんのん》の蠑螺《さざえ》堂のぐるぐると廻って階段を上がる行き方を参考としまして、漸々《ようよう》と下から廻りながら登って行く仕掛けを拵えて行きました。最初の大仏の膝のところで、次は脇の下、印を結んでいる手の上に人間が出られるようになる。それから左から脇を這入って行くのが外から見え、段々と顔面へ掛かり、口、目、耳へ抜けるように竹をねじって取り附けます。……雛形は出来たがこれは骨ばかり、ちょっと見ると何だかさっぱり分からない。変なものが出来ましたが、張り子紙で上から張って見ますと、案外、ありありと大仏さまの姿が現れて来ました。

「おやおや何を拵えているのかと思っていたら大仏様が出来ましたね。」

と家の者は云っております。

「大仏に見えるかね。」

「大仏様に見えますとも。」

と云っております。大仏が印を結んで安坐している八角の台の内部が、普通の見世物小屋くらいあるわけになります。出来上がったので、それを例の三人の友達に見せました。

「旨く行った。これならまず大丈夫勝利だが、今度はこれを拵えるに全部で何ほど金が掛かるかこれが問題です。そこで、この事は仕事師に相談するのが早手廻《はやて》しでこの四本の柱をたよりにして、仕事をするものは仕事師の巧者《こうしゃ》なものより外《ほか》にない。早速当たって見よう。」

ということになりました。で、御徒士町《おかちまち》にいた仕事師へ相談をすると、これは私共の手で組み立てが出来ないこともないが、こういう仕事は普通の建物とは違い、かゝや方《かた》の仕事師というものがある。それはお城の足場をかけるとか、お祭りの花車《だし》小屋、また興業物の小屋掛けを専門にしている仕事師の仕事で、一種また別のものですから、その方へ相談をしたらよろしかろうと云うのでありました。それではその方へ話をしてくれまいかと頼むと、早速引き受けて友達を伴《つ》れて来てくれました。

私はそのかゝや方の仕事師という男に逢《あ》って見ました。

私の肚の中では、この男に逢って雛形を見せたら、恐らくこれは物になりません、と云うだろうと思っておりました。もし、そう云ってくれたら却《かえ》って私には好《よ》かったので、この話はそれで消えてしまう訳。もしそうでも無いと、話が段々大きくなって大仏が出来るとなると、私の責任が重くなる。興業物としての損益は分かりませんが、もし損失があっては資本を出す考えでいる野見さんに迷惑が掛かることになります。どうか、物にならないと云ってくれれば好《い》いと思って、その男に逢いますと、仕事師は暫《しばら》く雛形を見ておりましたが、

「これはどうも旨いもんだ。素人《しろうと》の仕事じゃない。この梯子の取り附けなどの趣向は中々《なかなか》面白い。私共にやらされてもこう器用には出来ません。」

と云って褒めています。それで、これを四丈八尺の大きさに切り組むことが出来るかと訊《き》くと、訳はないという。この雛形ならどんなにでも旨く行くというのです。そして早速人足《にんそく》を廻しましょう、と云っております。その男の口裡《くちうら》で見ると、十日くらい掛かれば出来上がりそうな話。野見さん初め他の友達もこれでいよいよ気乗りがして来ました。

しかし、この仕事はカヤ方の仕事師ばかりでは出来ません。仕事師の方は骨を組むのでありますが、この仕事は大工と仕事師と一緒でなければ無論出来ません。そこで大工を頼まなければならないので誰に頼もうという段になったが、高橋氏が、私の兄

に大工のあることを知っているので、その人に頼むのが一番だという。なるほど私の兄に大工があるが、しかしこういう仕事を巧者にやってのける腕があるかどうか、それは不安心、けれども、苟《いやしく》も棟梁《とうりょう》と云われる大工さん、それが出来ないという話はない、漆喰《しっくい》の塗り下で小舞貫《こまいぬき》を切ってとんとんと打って行けば雑作《ぞうさ》もなかろう。兄さんを引っ張り出すに限るというので、私も止《や》むなく兄を頼むことに致《いた》しました。

そこで、兄は竹屋から竹を買い出して来る。千住《せんじゅ》の大橋で真中になる丸太を四本、お祭の竿幟《のぼり》にでもなりそうな素晴らしい丸太を一本一円三四十銭くらいで買う。その他お好み次第の材料が安く手に這入りました。そこで大工の方で、左官《さかん》に塗らせるまでの仕事一切を見積もって幾金《いくら》で出来るかと云うと、(無論仕事師の手間賃《ちん》も中に這入っていて)百五十円でやれるということです。それで、兄の友達の左官で与三郎という人が下谷町《したやまち》にいるので、それに漆喰塗りの方を頼んで貰いました。

黒漆喰で下塗りをして、その上に黒に青味を持った丁度《ちょうど》大仏の青銅の肌のような色を出すようにという注文……それが五十円で出来るというのでした。すると、まず二百円で大仏全体が出来上がることになります。そうして、胎内に一つの古物見立て展覧場を作るとして、色々の品物を買いこむのだが、この方には趣向を主として実物には重きを置きませんからまず百円の見積もり……足りないところは各自《てんで》の所持品を飾っても間に合わせるという考えです。それで何から何まで一切合切《いっさいがっさい》での総勘定が三百円で立派にこの仕事は出来上がるというのでありました。

「よろしい。三百円、私が出します。」

と野見さんは云うのです。何にも経験、当たっても当たらなくても、こうなっちゃ、損得を云っていられない。道楽にもやって見たい。儲かれば重畳《ちょうじょう》……いよいよ取り掛かりましょう。ということになりました。

それが三月の十五日で、梅若《うめわか》さまの日で、私が雛形を作ってから十日も経つか。話は迅《はや》く、四月八日釈迦《しゃか》の誕生日には中心になる四本の柱が立って建前《たてまえ》というまでに仕事が運んでいました。最初はまるで串戯《じょうだん》のように話した話が、三週間目には、もう柱が建っている。実に気の早いことでありました。

さて、かゝ、カヤ方の仕事師は人足を使って雛形をたよりに仕事に取り掛かって、大仏の形をやり出したのですが、この仕事について私の考えは、まず雛形を渡して置けば大工と仕事師とで概略《あらまし》出来るであろう。自分は時々見廻りくらいで済むことだと思っておりました。で、膝を組んだ形、印を結んだ形、肩の丸みの附けよう……それから顔となって来て、顔には大小の輪などを拵えて、外からどんどん木を打《ぶ》つけて……旨く仕事は運んでいることだと思っておりました。

ある日、私は、どんなことになるかと心配だから仕事の現場へ行って見ると、これはどうも驚いた。まるで滅茶《めちゃ》滅茶なことをやっている。これには実に閉口《へいこう》しました。

大工や、仕事師は、どんなことをしているかというに、まるで仕事師が役に立たない。先には苦もないようなことを云っておったが、実際に臨《のぞ》んでは滅茶滅茶です。また、兄貴の大工の方も同様でまるでなっていないのです。例令《たとえ》ば、大仏が膝を曲げて安坐をしているその膝頭《ひざがしら》がまるで三角になっている。ちっとも膝頭だという丸みが出来ておりません。印を結んだ手が手だか何だか、指などは分からない。肩の丸みなどはやはり三角で久米《くめ》の平内《へいない》の肩のよう……これには閉口しました。

「これはいけない。こんなことは雛形にない。」

と私がいうと、

「どうも、こうずう体が大きくては見当が附きません。」

仕事師も、大工も途方に暮れているという有り様……そこでこのままで、やられた日には衣紋竿《えもんざお》を突っ張ったような大仏が出来ますから、私は仕事師、大工の中へ這入って一緒に仕事をすることに致しました。

「私の云うようにやってくれ。」というので指図をした。

膝や肩の丸みは三角のところへ弓をやって形を作り、印を結んだ手は片面で、四分《しぶ》板《いた》を切り抜いて、細丸太を切って小口《こぐち》から二つ割りにして指の形を作る。鼻の三角も両方から板でせって鼻筋を拵え小鼻は丸太でふくらみをこしらえる……という風に、一々《いちいち》仏の形のきまりを大握《おおつか》みに掴《つか》んで拵えて行かせるのですが、兄貴の大工さんも、差し金を持って見込みの仕事をするのなら何でも出来るが、こんな突飛《とっぴ》な大仕掛けな荒《あら》仕事となると一向見当が附きません。仕事師の方も普通の小屋掛けの仕事と違って、大仏の形に型取《かたど》った一つの建物の骨を作るのですから、当たってみると漠然《ばくぜん》として手が出ません。ここをこうと云い附けても間に合わないという風で、私は大いに困りましたが困ったあげく、芝居の道具方の仕事をやっているある大工を伴れて来て、これにやらせて見ますと、中々気が利いていて役に立ちます。私はこの大工を先に立てて仕事を急ぎました。

それで、私はよすどころでなく毎日仕事場へ行かねばならなくなった訳であります。が、毎日高い足場へ上がって仕事師大工達の中へ這入って仕事をしていますと、中々おもしろい。面白半分が手伝って本気で汗水を流して働くようになりました。今日では思いも寄らぬことですが、また歳も若し、気も旺《さか》んであるから、高い足場へ上がって、差し図をしたり、竹と丸太を色々に用いて頤《あご》などの丸みや胸などのふくらみを拵えておりますと、狭い仕事場で小仏《こぼとけ》を小刀の先で弄《いじ》っているとはまた格別の相違……青天井《あおてんじょう》の際限もない広大な野天《のてん》の仕事場で、拵えるものは五丈近い大きなもの、陽気はよし、誰から別段たのまれたということもなく、まあ自分の発意から仲の善い友達同士が道楽半分にやり出した仕事ですから、別に小言《こごと》の出る心配もなし、晴れた大空へかんかんと金槌《かなづち》の音をさせて荒っぽく仕事をするので、どうも、甚《はなは》だ愉快《ゆかい》で、元来、罷《まか》り間違えば自分も大工になるはずであったことなど思い出して独りでに笑いたくなるような気持ちにもなったりしたことでありました。

段々と仕事の進むにつれて、大仏の頭部になって来ましたが、大仏の例の螺髪《らはつ》になると、ちょっと困りました。俗に金平糖《こんぺいとう》というポツポツの頭髪でありますが、これをどうやって好いか、丸太を使った日には重くなって仕事が栄《は》えず、板では仕様もない。

そこで、考えて、神田の亀井町には竹笊《ざる》を拵える家が並んでおりますから、そこへ行って唐人《とうじん》笊を幾十個か買い込みました。が、螺髪の大きい部分はそれが丁度はまりますけれども、額際《ひたいぎわ》とか、揉《も》み上げのようなところは金平糖が小さいので、それは別に頃合いの笊を注文して、頭へ一つ一つ釘《くぎ》で打ち附けて行ったものです。仏さまの頭へ笊を植えるなどは甚だ滑稽《こっけい》でありますが、これならば漆喰の噛《かじ》り附きもよく、案としては名案でありました。

「やあ、大仏様の頭に笊が乗っかった。」

などと、群衆は寄ってたかって物珍しくわいわい云っております。突然にこんな大きなものが出来出したので、出来上がらない前から人々は驚いていているという有り様でありました。

ある日、私は、遠見《とおみ》からこれを見て、一体どんな容子に見えるものだろうと思いましたので、上野の山へ行って見ました。丁度、今の西郷さんのあるところが山王山で、そこから見渡すと、右へ筋違いにその大仏が見えました。重なり合った町家の屋根からずっと空へ抜けて胸から以上出ております。空へ白い雲が掛かって、笊を植えた大きな頭がぬうと聳《そび》えている形は何というて好いか甚だ不思議なもの……しかし、立派な大仏の形が悠然《ゆうぜん》と空中へ浮いているところは甚だ雄大《ゆうだい》……これが上塗《うわぬ》りが出来たら更に見直すであろうと、一層仕事を急いで、どうやら下地《したじ》は出来ましたので、いよいよ、左官与三郎が塗り上げましたが、青銅の味を出すようにという注文でありますから、黒ッぽい銅色に塗り上げると、大空の色とよく調和して、天気の好い時などは一見銅像のようで中々立派でありました。（この大仏に使った材料は竹と丸太と小舞貫と四分板、それから漆喰だけです。）

「どうも素晴らしいものが出来ましたね。えらいものを拵えたもんですね。」

など見物人は空を仰《あお》いでびっくりしております。正味《しょうみ》は四丈八尺ですが、吹聴《ふいちょう》は五丈八尺という口上《こうじょう》、一丈だけさばを読んで奈良の大仏と同格にしてしまいました。そこで口上看板を仮名垣魯文《かながきろぶん》先生に頼み、立派な枠を附け、花を周囲に飾って高く掲《かか》げました。こんな興業物的の方は友達の方が受け持ちでやったのでありました。

それから、胎内の方は野見の親父さんの受け持ちで、切り舞台には閻魔の踊りを見せようという趣向。そこでまた私は閻魔の顔を拵えさせられるなど自分の仕事をそっち退《の》けにして多忙《いそが》しいことで、エンマの顔は張り子に抜いてぐるぐる目玉を動かすような仕掛けにして、中へ野見の老人が這入って仕草をするという騒ぎ……一方、古物展覧の方も古代な布片《きれ》とか仏像のような、何でも時代が附いて、曰《いわ》く因縁のありそうなものを並べ、鳴戸のお弓の涙などと子供だましでなく、大人でも感服しそうな因縁書などを野見の老人がやって、一切、内外共に出来上がりまして、いよいよ蓋《ふた》を明《あ》けましたのが確か五月の六日……五日の節句《せっく》という目論見《もくろみ》であったが、間に合わず、六日になったように記憶しております。

　この興業物は「見流しもの」と云って、ずっと見て通って、見た客は追い出してしまうので、見世物としては大勢を入れるに都合の好いやり方であります。大仏の頭が三畳敷《さんじょうじき》くらいの広さで人間が五六人くらいは入れますが、目、口、耳の窓から外を見ると、先の客は後から急《せ》かれて出て行くので、入り交《か》わり立ち交わるという手順で、手ッ取り早く出来ております。蓋が明いた六日の初日には果たして大入りでありました。

大仏の末路のあわれなはなし

高村光雲

佐竹《さたけ》の原に途方もない大きな大仏《だいぶつ》が出来て、切き舞台で閻魔《えんま》の踊りがあるという評判で、見物人が来て見ると、果たして雲を突くような大仏が立っている。客はまず好奇心を唆《そそ》られてぞろぞろ這入《はい》る。——興業主は思う壺《つぼ》というところです。

大入りの笊《ざる》の中には一杯で五十人の札が這入っております。十杯で五百人になる。それがとんとんと明《あ》いて行くのです。木戸《きど》口で木戸番が札を客に渡すと、内裏《うちうら》にもぎり、と云《い》って札を取る人がおります。これは興業主で、その札によって正確な入場者の数が分かるのであります。初日は何でも二十杯足らずも笊が明いて、かれこれ千人の入場者がありまして、まず大成功でした。

ところで、物事はそう旨《うま》く行きません。——初日の景気が少し続いたかと思うと、早くも六月に這入り、梅雨期《ばいうき》となって毎日の雨天で人出《ひとで》が無くなりました。いずれも盛《さか》り場は天気次第の物ですから。少し曇っても人は来ない。またこの梅雨《つゆ》が長い。ようやく梅雨が明けると今度は土用《どよう》で非常な暑さ、毎日の炎天《えんてん》続き、立ち木一本も無い野天《のてん》のことで、たよる蔭《かげ》もなく、とても見物は佐竹原へ向いて来る勇気がありません。ことに漆喰《しっくい》塗りの大仏の胎内《たいない》は一層の蒸し暑さでありますから、わざわざそういう苦しい中へ這入ってうでられる物数寄《ものずき》もないといったような風で、客はがらりと減りました。

そういう間《ま》の悪い日和《ひより》に出逢《でく》わして、初日から半月くらいの景気はまるで一時の事、後はお話にもならないような不景気となって、これが七月八月と続きました。もっとも、これは大仏ばかりでなく佐竹原の興業物飲食店一般のことで、どうも何とも仕様《しよう》がありませんでした。

私は、この容子《ようす》を見ると、自分の暇潰《ひまつぶ》しに云い出した当人で仕方もないが、どうも、野見さん父子《おやこ》に対して気の毒で、何とも申し訳の無いような次第でありましたが、さりとて、今更《いまさら》取り返しもつかぬ。しかし、野見さん父子はさっぱりしたもので、これが興業ものには有《あ》り勝《が》ちのことで、一向悔《く》やむには当たりません。いずれ、秋口になって、そろそろ涼風《すずかぜ》の吹く時分ひと景気附けましょう。と云って気には止めませんが、私はじめ、高橋、田中両氏も何とか景気を輓回《ばんかい》したいものと考えている中に残暑が来て佐竹の原は焼け附く暑さで、見世物どころの騒ぎではなくなりました。

「もっと早く、花の咲いた時分、これが出来上がっていたら、それこそ一月で元手《もとで》ぐらいは取れたんだが、少し考えが遅蒔《おそま》きだった。惜《お》しいことをした。」

など、私たちは愚痴《ぐち》交《ま》じりに話していますが、野見さんの方は、秋口というもう一つの季節を楽しみにして、ここを踏《ふ》ん張《ば》ろうという肚《はら》もあるのですから、愚痴などは一つも云わず、涼風の吹いて来るのを俟《ま》っておりました。

楽しみにしていた秋口の時候《じこう》に掛かって来ました。

ここらを口切《くちき》りに再び大仏でひと花返り花を咲かそうという時は、もう九月になっており、中の五日となりました。

この日は本所《ほんじょ》では牛の御前《ごぜん》の祭礼《さいれい》、神田日本橋の目貫《めぬき》の場所は神田明神《みょうじん》の祭礼でありました。（その頃は山王《さんのう》と明神とは年番でありました。多分《たぶん》、その年は神田明神の方の番であったと思います。）それで私は家のものを伴《つ》れてお祭りを見に日本橋の方へ行っておりました。

午後三時頃、空模様が少しおかしくなって来たので、降らない中《うち》にと家に帰りますと、ぽつりぽつりやって来ました。好《い》い時に帰って来たよと云ってる中に、風が交じって雨は小砂利《こじゃり》を打《ぶ》っつけるように恐ろしい勢いで降って来ました。四方《あたり》は真っ暗になったままで、日は暮れてしまって、夜になると、雨と風とが一緒になって、実に恐ろしい暴風雨《あらし》となりました。その晩ひと晩荒れに荒れて翌日になってやっと納まりましたが、市中の損害は中々《なかなか》で近年稀《まれ》な大あらしでありました。何処《どこ》の屋根瓦《がわら》も吹き飛ばされる。塀《へい》が倒れ、寺や神社の大樹《だいじゅ》が折れなどして大あらしの後の市中は散々の光景で、私宅なども手酷《てきび》しくやられました。が、まず何より心配なのは佐竹の原の大仏のこと、昨夜の大あらしにどうなったことかと、私は起きぬけに佐竹の原へ行って見ますと、驚いたことには大仏の骨はびくともせず立派にしゃんとして立っております。しかし無残《むざん》にも漆喰は残らず落ちて、衣物《きもの》はすっかり剥《は》がれておりました。私は暫《しばら》く立って見ていましたが、どうも如何《いかん》とも仕難《しがた》い。ただ、骨だけがこう頑丈《がんじょう》にびくともせずに残っただけでも感心。左右前後から丸太が突っ張り合って自然にテコでも動かぬような丈夫なものになったと見えます。それに漆喰が剥《と》れて、すべて丸みをもった形で、風の辷《すべ》りがよく、当たりが強くなかったためでもありましょうが、この大仏が出来てから間もなく、すぐ向こうの通りに竹葉館という興業ものの常設館が建って、中々立派に見えましたが、それが、ひとたまりもなく押し潰され、吹き飛ばされているから見ますと、大仏は骨だけでもシャンとしていたところは案外だと思って帰ったことでありました。

この大嵐《おおあらし》は佐竹の原の中のすべてのものを散々な目に逢わせました。葭簀《よしず》張りの小屋など影も形も無くなりました。それがために佐竹の原は忽《たちま》ちにまた衰微《さび》れてしまって、これからひと賑《にぎ》わいという出鼻《でばな》を敲《たた》かれて二度と起《た》ち上がることの出来ないような有り様になり、春頃のどんちゃん賑やかだった景気もひと盛り、この大嵐が元で自滅するより外《ほか》なくなったのでありました。

大仏は、もう一度塗り上げて、再び蓋《ふた》を明けて見ましたが、それも骨折り損でありました。二度と起《た》てないように押し潰された佐竹の原は、もう火の消えたようになって、佐竹の原ともいう人が無くなったのでありました。

しかし、このために、佐竹の原は却《かえ》って別の発達をしたことになったのでありました。
　というのは、興業物が消えて無くなると、今度は本当の人家《じんか》がぽつぽつと建って来たのであります。一軒、二軒と思っている中に、何時《いつ》の間にか軒《のき》が並んで、肉屋の馬店などが皮切りで、色々な下等《かとう》な飲食店などの店が出来、それから段々開けて来て、とうとう竹町という市街《まち》が出来て、「佐竹ッ原」といったところも原ではなく、繁昌《はんじょう》な町並みとなり、今日では佐竹の原と云ってもどんなところであったか分からぬようになりました。

　若い時は、突飛《とっぴ》な考えを起こして人様に迷惑を掛け、また自分も骨折り損。今から考えると夢のようです。

ピアノ

芥川龍之介

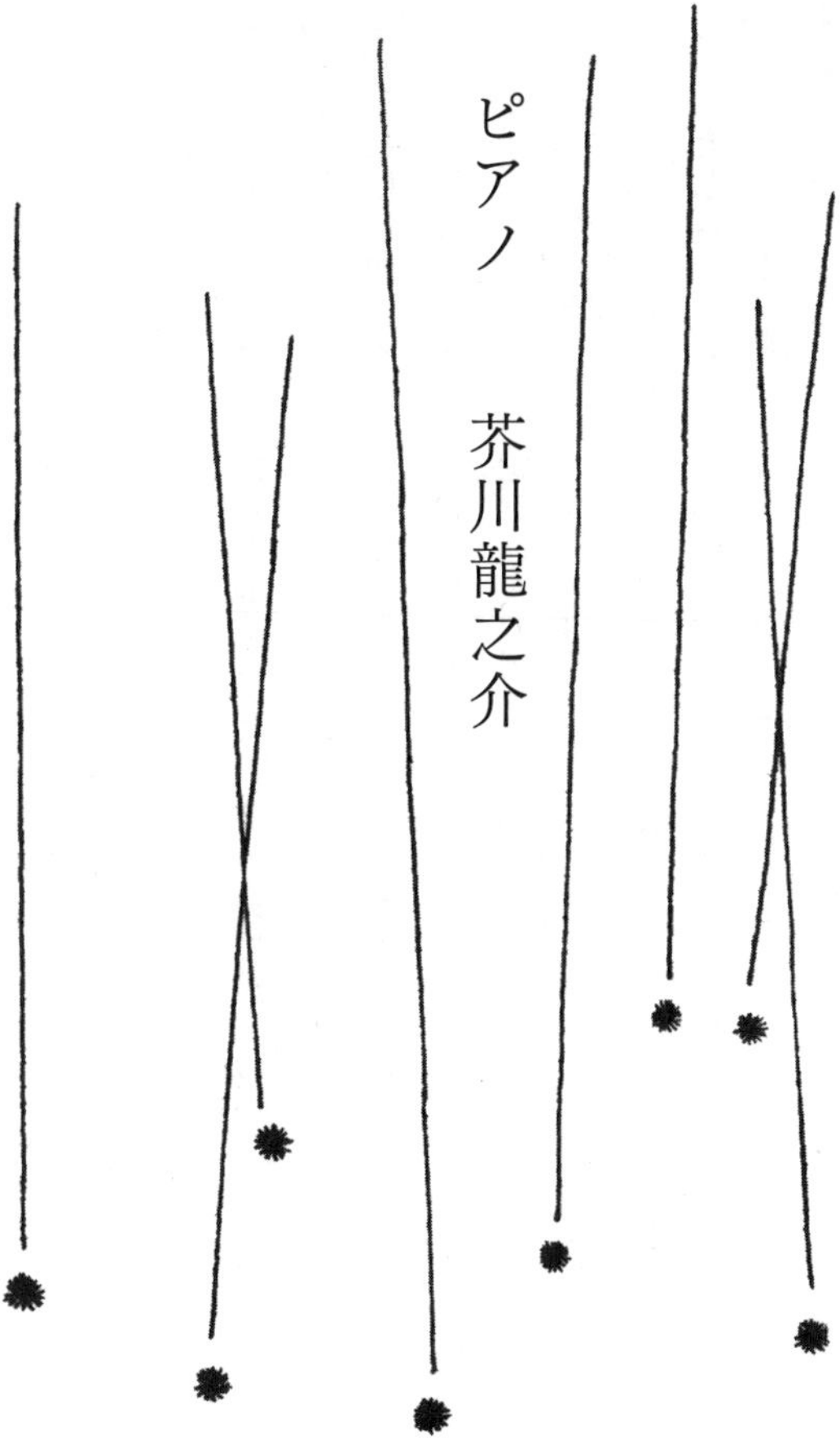

ある雨のふる秋の日、わたしはある人を訪ねるために横浜の山手《やまて》を歩いて行った。この辺の荒廃は震災当時と殆《ほとん》ど変わっていなかった。もし少しでも変わっているとすれば、それは一面にスレエトの屋根や煉瓦《れんが》の壁の落ち重なった中に藜《あかざ》の伸びているだけだった。現にある家の崩れた跡《あと》には蓋《ふた》をあけた弓なりのピアノさえ、半ば壁《なか》にひしがれたまま、つややかに鍵盤《けんばん》を濡《ぬ》らしていた。のみならず大小さまざまの譜本《ふほん》もかすかに色づいた藜の中に桃色、水色、薄黄色などの横文字の表紙を濡らしていた。

わたしはわたしの訪ねた人とあるこみ入った用件を話した。話は容易に片づかなかった。わたしはとうとう夜に入った後《のち》、やっとその人の家を辞することにした。それも近々《きんきん》にもう一度面談を約した上のことだった。

雨は幸いにも上がっていた。おまけに月も風立った空に時々光を洩《も》らしていた。わたしは汽車に乗り遅れぬために（煙草《たばこ》の吸われぬ省線《しょうせん》電車は勿論《もちろん》わたしには禁もつだった。）出来るだけ足を早めて行った。

すると突然聞えたのは誰かのピアノを打った音だった。いや、「打った」と言うよりも寧《むし》ろ触った音だった。わたしは思わず足をゆるめ、荒涼《こうりょう》としたあたりを眺めまわした。ピアノは丁度《ちょうど》月の光に細長い鍵盤を仄《ほの》めかせていた、あの藜の中にあるピアノは。——しかし人かげはどこにもなかった。

それはたった一音《いちおん》だった。が、ピアノには違いなかった。わたしは多少無気味《ぶきみ》になり、もう一度足を早めようとした。その時わたしの後ろにしたピアノは確かにまたかすかに音を出した。わたしは勿論振りかえらずにさっさと足を早めつづけた、湿気を孕《はら》んだ一陣の風のわたしを送るのを感じながら。……

わたしはこのピアノの音《ね》に超自然の解釈を加えるにはあまりにリアリストに違いなかった。なるほど人かげは見えなかったにしろ、あの崩れた壁のあたりに猫でも潜《ひそ》んでいたかも知れない。もし猫ではなかったとすれば、——わたしはまだその外《ほか》にも鼬《いたち》だの蟇《ひき》がえるだのを数えていた。けれども兎《と》に角《かく》人手を借らずにピアノの鳴ったのは不思議だった。

五日ばかりたった後、わたしは同じ用件のために同じ山手を通りかかった。ピアノは相変わらずひっそりと藜の中に蹲《うずくま》っていた。桃色、水色、薄黄色などの譜本の散乱していることもやはりこの前に変わらなかった。ただきょうはそれらは勿論、崩れ落ちた煉瓦やスレエトも秋晴れの日の光にかがやいていた。

わたしは譜本を踏まぬようにピアノの前へ歩み寄った。ピアノは今目《ま》のあたりに見れば、鍵盤の象牙《ぞうげ》も光沢《こうたく》を失い、蓋の漆《うるし》も剥落《はくらく》していた。殊《こと》に脚《あし》には海老《えび》かずらに似たひとすじの蔓草《つるくさ》もからみついていた。わたしはこのピアノを前に何か失望に近いものを感じた。

「第一これでも鳴るのかしら。」

わたしはこう独り語《ごと》を言った。するとピアノはその拍子《ひょうし》に忽《たちま》ちかすかに音を発した。それは殆どわたしの疑惑を叱《しか》ったかと思うくらいだった。しかしわたしは驚かなかった。のみならず微笑の浮かんだのを感じた。ピアノは今も日の光に白《しら》じらと鍵盤をひろげていた。が、そこにはいつの間にか落ち栗が一つ転がっていた。

わたしは往来《おうらい》へ引き返した後、もう一度この廃墟《はいきょ》をふり返った。やっと気のついた栗の木はスレエトの屋根に押されたまま、斜めにピアノを蔽《おお》っていた。けれどもそれはどちらでも好《よ》かった。わたしはただ藜の中の弓なりのピアノに目を注いだ。あの去年の震災以来、誰も知らぬ音を保っていたピアノに。

人の首

高村光太郎

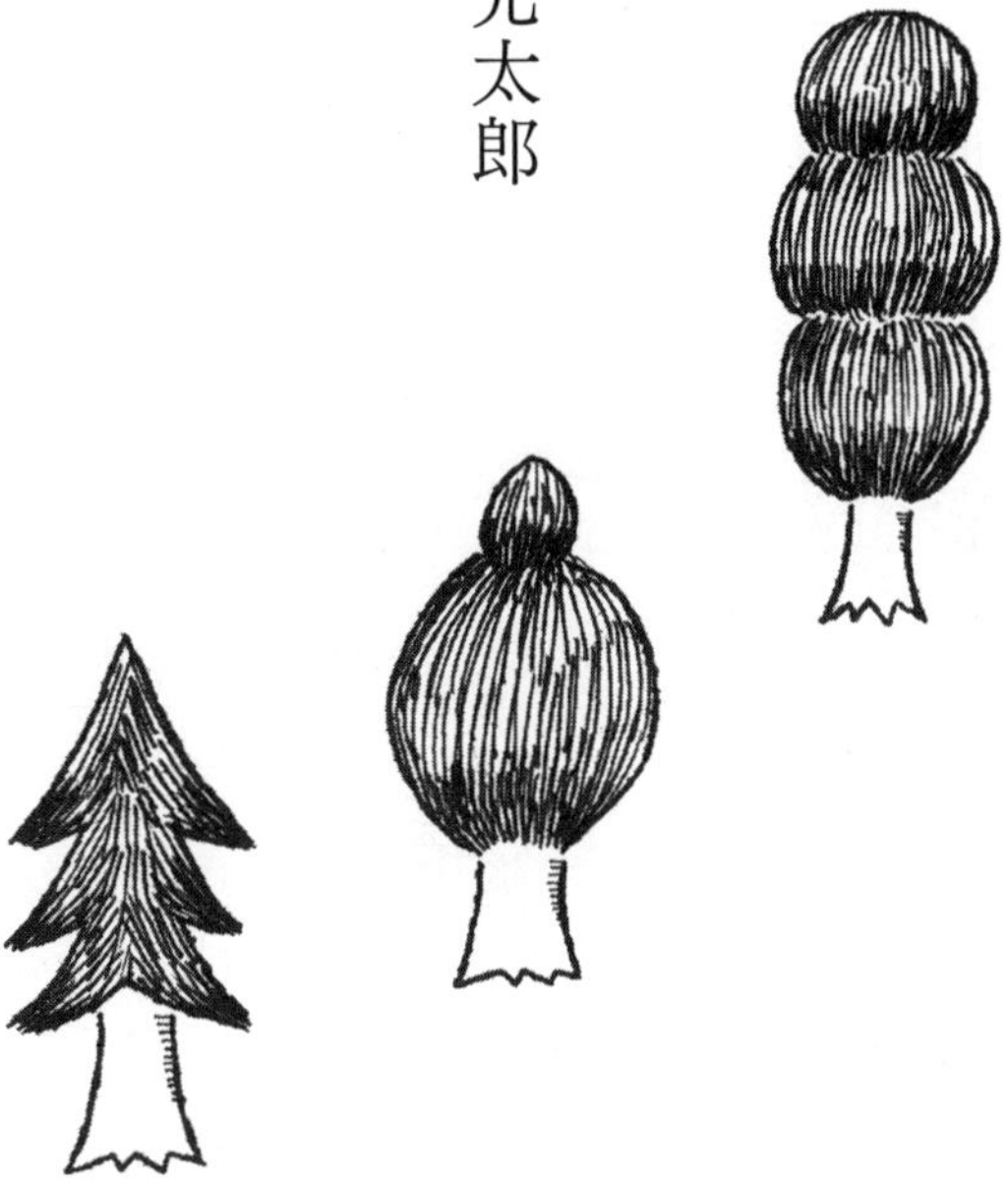

私は電車に乗ると異状《いじょう》な興奮を感ずる。人の首がずらりと前に並んでいるからである。人間移動展覧会と戯《たわむ》れにこれを称《たた》えてよくこの事を友達に話す。近代が人に与えてくれた特別な機会である。このところに並んでいる首は、美術展覧会における絵画彫刻の首と違って、観られるためにあるのではない。たまに、見られ、眺められ、感嘆せられ、羨《うらや》ましがられるためにある事を自ら意識している様な男性女性に会う事もあるが、そのとても活《かっ》世間という一つの活舞台の中では、おのずから活《い》きた事情にとりまかれて、壁上《へきじょう》にかかり、台座の上に載っている作られた首の様にアフェクテエションン一点張りではない。ロクでもない美術品の首よりも私はこの生きた首が好きである。ここに並んでいる首は皆一つの生活背景を持つ。皆一つの生活事情を持ち、毎日の生活に打ち込んでいる。ある者は屈託《くったく》し、ある者は威張《いば》り返り、ある者は想像もつかない悲に被《おお》われ、ある者は楽しく、ある者は放心している。四隣人《りんじん》無きが如《ごと》く連れの人と家庭の内輪話《うちわ》をしているお神《かみ》さんもある。民衆論を論じているロイド眼鏡の青年もいる。古着市に持ち出した荷物を抱《かか》えている阿父《おとう》さんもいる。それがみんな自分達の内心に持っているものを思わず顔に露出して腰かけている。むしろ痛々しいほどに感ずる時もある。

人間の首ほど微妙なものはない。よく見ているとまるで深淵《しんえん》にのぞんでいる様な気がする。その人をまる出しにしているとも思われるし、また秘密のかたまりの様にも見える。そうして結局その人の極印《ごくいん》だなと思わせられる。どんな平凡らしく見える人の首でも実に二つと無いそれぞれの機構を持っている。内心から閃《ひらめ》いて来るものの見える時はその平凡人が忽《たちま》ち恐ろしい非凡の相を表す。電車の中でも時々そういう事を見る。

人の首の中で一番人間の年齢を示しているのは項部《こうぶ》である。所謂《いわゆる》首すじである。顔面では年齢をかくせるが首すじではごまかせない。あらゆる年齢に従って首すじは最も微妙に人間らしい味を見せる。赤ん坊のぐらぐらな項《うなじ》。小学校時代の初毛《うぶげ》の生えた曲線の多い首すじ。殊《こと》にえり際《ぎわ》。大人と子供との中間の人の首すじを見るのは特別に面白い。大人になりかかって行って、このところにだけまだ子供が残っている青年などは殻《から》から出たての蝉《せみ》の様に新鮮である。水々しい若い女の首すじの美は特に私が説《と》くまでもあるまい。色まちの女が抜衣紋《ぬきえもん》にするのは天然自然の智慧《ちえ》である。恋する女に向かって最後の決心をする動機の一つがその可憐《かれん》な首すじを見た事にあるという話をよく聞く。自然は恋人と語る若い女性を多くうつ向かせる。それを見つめている男の眼は女の一番いじらしい首筋に注がれる。致命的なわけである。三十代四十代の男の頬もしい首すじ。また初老の人の首すじに寄る横の皺《しわ》。私は老人の首すじの皺を見る時ほど深い人情に動かされる事は無い。何という人間の弱さ、寂しさを語るものかと思う。電車の中に立っていて、眼の下にそういう一人の老人の首すじを見る時、老年のさびと荘厳《そうごん》さとを身にしみて感ずる。

鼻と口との関係は人の本性《ほんしょう》を一番多く物語る。鼻の下である。長さ短さ出っ張り方、円《まる》さ、厚さ薄さ。千種万様《せんしゅばんよう》で、実際、人が想像しているよりも以上の変種《へんしゅ》に富んでいるのはこの部分である。鼻の下、口の上を見るとその人がまる出しかと思う時がある。一番人間の生物としての方面を示している。またその人の天性の美もここに多く無意識に出ている。「人中《にんちゅう》」の特に美しい人は忘れられない。女優サラ・ベルナアルの人中は少しずれていてそのため前歯がちらちらと見えがちである。その魅力は無比《むひ》であった。

頬《ほお》のうしろ、顎《あご》から頤《おとがい》にかけてはその人の弱点を一番持っている。誰でもそうである。それだけにまた最も特質的な魅力もある。顎の美しさは最も彫刻的の微妙さを持つ。

運動の無い前額《ぜんがく》から顱頂《ろちょう》にかけての頭蓋部《ずがいぶ》が、最も動的なその人の内心の陰影《いんえい》を顕《あらわ》すのは不思議である。額の皺が人間の閲歴《えつれき》を如実《にょじつ》に語るものである事は言うまでもなかろう。

眼や眉《まゆ》や鼻や口や耳などという個々のものについては今語り尽《つ》くせない。私はあまり睫毛《まつげ》の美しい少女を電車の中で見て、思わず知らずその顔をのぞき込んで気の毒な思いをさせた事がある。その睫毛は名状《めいじょう》すべからざる美を持っていて到底再現する事は出来ない。名香《めいこう》のかおりに何処《どこ》か麝香《じゃこう》をほのかにまじえた様な睫毛であった。あんな少女が生きているとは不思議なくらいだ。

人間の首には先天の美と、後天の美とがある。この二つが分かち難《がた》くまじり合って大きな調和を成《な》している。先天の美は言うまでもないが後天の美に私は強い牽引《けんいん》を感ずる。閲歴が造る人間の美である。私が老人を特別に好むのはこの故《ゆえ》もある。写真は人間の先天の美のみを写して後天の美を能《よ》く捉《とら》えない。だから写真では赤ん坊だけがよく写る。後天の美を本当に認め得るのは活きた眼だけである。機械では不可能である。写真に写ると実際よりも美しくなる人はこの先天の美に恵まれている人であり、写真では悪いが本人に会うと美しいという人はこの後天の美、閲歴、生活、性格陶冶《とうや》等から来る美を多分《たぶん》に持っている人の事である。

概して文芸家の首には深みがある。ドストイエフスキイ、ストリンドベリイ、ロマン・ロラン、皆そうらしい。ポオ、ヴェルレエヌ等は何という不思議な首だろう。彼らの詩そのものと思う。政治家では、リンカンの首がすばらしい。生きている当人に会ってみたかったといつも思う。近くではレエニンの首が無比である。レエニンの性格に関する悪口を沢山《たくさん》きくけれども、私はそれを信じない。彼の首が彼の決して不徳な人でなかった事を証拠立てている。野心ばかりの人に無い深さと美とがある。ナポレオンよりも好《よ》い。ナポレオンにはもっと野卑《やひ》なところがある。近世の支那《しな》にはまだ人物が出ないようだ。

日本の文芸家の首にも興味がある。私は交友が少ないので多く知らないが、詩人では千家元麿《せんげもとまろ》氏の首に無類な先天の美がある。室生犀星《むろうさいせい》氏の首には汲《く》めども尽きない味がある。彼の顎と眼とは珍宝《ちんぽう》である。ヨネ・ノグチ氏の首も十目《じゅうもく》の視《み》るところで、氏の顱頂は殊に美しい。概して詩人の首は好ましく、どこかに本気なものがある。若い詩人にも好い首があるが今は書くまい。文学家の方には益《ます》知《ます》人《ます》が無い。佐藤春夫《さとうはるお》氏は彼の無名時代に肖像《しょうぞう》を画《えが》いたのがあるので知っている。彼の首には秀抜《しゅうばつ》な組み立てがある。彼を彫刻で作らなかったのが心残りだ。武者小路《むしゃのこうじ》氏の前額と後頭と眼とはすばらしい。凡人崇拝《ぼんじんすうはい》の戸川秋骨《とがわしゅうこつ》氏の顎と口とは凡人どころではない。俳優では團十郎《だんじゅうろう》が頭に残っている。今の政治家は誰も知らないが、写真で見ると、高橋是清《たかはしこれきよ》氏と、濱口《はまぐち》雄幸《おさち》氏とが面白い。濱口氏の首はいつか作ってみたいと思って覗《うかが》っている。この人は彫刻に殊に好い。

電車の中であまり好い首の人に偶然逢うと別れるのに心が残る。思い切って話しかけようかと思う事が度々《たびたび》ある。女の人などは一生に二十日間くらいしかあるまいと思うような特に美しい期間がある。それをむざむざと過ごさせてしまうのが惜《お》しい。

好き友

佐藤春夫

私の交友は誰々かとお尋《たず》ねになるのですか。貴問は私を快々《おうおう》とさせます。私には友達というものがないからです。それは私の孤独な、人と和《か》しがたい性格から来ているのでしょう。どうもそうらしい。

考えて見ると、私には少年時代の昔から友達というべき者はなかったような気がします。私が十二歳の時、私はちょうど、今日貴社から与えられたと全く同じ質問を、小学校の先生から与えられたことがありました。その時も私は今日と同じような不愉《ふゆ》快《かい》を感じました。

その時先生の質問というのは、生徒たちの学校外での生活を知るために、各《おのおの》の生徒たちが持っている友達を五六人数え上げよ、というのであった。雨の日の体操の時間で、雨天体操場などのあるべきはずもない田舎の小学校では時おり、そんな機会にそんな事をする時間があったのです。先生が紙をくばってくれると、生徒はそれへ返答するのです。人に見られないようにと肘《ひじ》でしっかりと囲いをして、それぞれに小さな頭と胸とを働かせながら書くのです。割合に自由な時間なので、いつもこんな時には、私は楽しかったものです。一番好きな歴史上の人物は誰だとか、あるいは誰でも教壇へ出て面白い話をしてみよとか、つまり雨の体操時間というのは遊びの時間だった。それだのに、その日は何だか試験の日のように緊張した感じがあった。私はというと、試験ならば即座に答えてしまえるものを、この日のこの質問には本当に悩まされた。答えようにも私にはひとりも友達らしいものはなかったからである。

しかし、ひとりも友達がなかったと言って、私は人に馬鹿《ばか》にされて相手になって貰えなかったのではない。却《かえ》って私は人に畏《おそ》れられていたのである。私は大人びた子供で学科も不出来ではなかったし、私の家は医者だというので田舎町の純朴な人たちは尊敬していてくれた。そういうわけで、小さな我々の仲間までが、私をへんに畏敬《いけい》する風があった。それに私は、いつもひとりで遊んでいる無口な子供ではあったし、誰も用事の時の外《ほか》には、気軽に口を利《き》いてもくれなかったのである。それを、私はふだんは大して不幸にも思ったのではない。しかし、今日こうして、お前の友達は誰々だと問われると、すぐに答え得る名のないのを淋《さび》しく思ったのです。その上、私は先生に向かってきっぱりと友達はひとりもないと書くことは出来なかったのです。どうしてだか知りません。いろいろと考えた末で私は、教室における自分の座席のぐるり四五人の子供の名を順々に書き並べたのです。何故《なぜ》かというのに、その子供たちが、そういう位置に置かれた自然の関係として、自然と、最も多く私と口を利く機会が多かったからでした。

その時間が過ぎてしまって、自由な時間が来た時、子供たちは、今のさっきの先生の質問をさも重大な事件のように話し合っていた。彼らは皆、人々に、俺はお前のことを書いたというようなことを言い合っていた。しかし、私に向かってそんなことを言いかけた者はひとりもなかった。すると、いつものように黙っている私のところへ来て、ひとりの子供が話しかけた――

「あんた。誰書いたんな？」

その子は快活な口調で言った。それは教室で私のすぐうしろにいた子供であった。きさくな性質で、気むずかしげな私に対しても常から最も多く口を利いていた。彼に対して私は答えた――

「おれはあんたの名を書いたんじゃ」

その答えとともに、彼のはしゃいでいた顔は一刹那《せつな》にがらりと変化した。しばらく無言だった彼は、やっと私に言った――

「こらえとおくれよ。のう、わあきゃあんたをわすれたあった。わあきゃあ、ぎょうさんつれがあるさか」

二十年を経た今日、彼のその言葉を、私はそっくりとその田舎訛《なまり》のままで思い出す。そうして私は彼のこの正直な一言に、今も無限の友情を見出すのです。ひょっとすると、これが私のうけた第一の友情ではないかとさえ思われるくらいです。

貴問に対して私は、仮に三四の名を挙げることも出来るでしょう。しかし、その人たちが数え上げた名のなかには私が無かった時に、彼らは私に対して、果たして、「恕《ゆる》せ、友よ、予は君を失念しいたり。予は多くの友を持つが故《ゆえ》に」

と、そうはっきりと私に言ってくれるだろうか。どうも覚束《おぼつか》ないような気がするのです。

ある時、私は、ある雑誌社から『吾が交友録』という題で一文を求められた時、それに答えようと思って以上のような文を書いた。しかし、あまりにひねくれた言い分だと人が思いはしないかと思って、書いたままでそれをまるめて、屑籠《くずかご》のなかへ入れてしまった。

子猫

寺田寅彦

これまでかつて猫というもののいた事のない私の家庭に、去年の夏はじめ偶然の機会から急に二疋《ひき》の猫がはいって来て、それが私の家族の日常生活の上にかなりに鮮明な存在の影を映しはじめた。それは単に小さな子供らの愛撫《あいぶ》もしくは玩弄《がんろう》の目的物が出来たというばかりでなく、私自身の内部生活にも何らかのかすかな光のようなものを投げ込んだように思われた。

　このような小動物の性情に既に現れている個性の分化がまず私を驚かせた。物を云《い》わない獣類《じゅうるい》と人間との間に起こり得る情緒《じょうしょ》の反応の機微《きび》なのに再び驚かされた。そうして何時《いつ》の間にかこの二疋の猫は私の眼の前に立派に人格化されて、私の家族の一部としての存在を認められるようになってしまった。

　二疋というのは雌《めす》の「三毛《みけ》」と雄《おす》の「たま」とである。三毛は去年の春生まれで、玉の方は二三ヶ月おそく生まれた。宅《うち》へ貰われて来た頃はまだほんとうの子猫であったが、僅《わず》かな月日の間にもう立派な親猫になってしまった。いつまでも子猫であって欲しいという子供らの願望を追い越して容赦《ようしゃ》もなく生長《せいちょう》して行った。

三毛は神経が鋭敏《えいびん》であるだけにどこか気むずかしくてそして我《わ》がままで贅沢《ぜいたく》である。そしてすべての挙動《きょどう》に何処《どこ》となく典雅《てんが》の風がある。恐らくあらゆる猫族の特性を最も顕著に具《そな》えた、云わば最も猫らしい猫の中の雌猫らしい雌猫であるかも知れない。実際よく鼠《ねずみ》を捕《と》って来た。家の中にはとうから鼠の影は絶えているらしいのに、何処からか大小いろいろの鼠をくわえて来た。しかし必ずしもそれを喰うのではなく、そのままに打ちすてておいてあるのを、玉が失敬《しっけい》して片をつける事もあるようだし、また人間の吾々《われわれ》が糸で縛《しば》って交番へ届ける事もあった。生存に直接緊要《きんよう》な本能の表現が、猫の場合ですらもう既に明白な分化を遂げて、云わば一種の「遊戯《ゆうぎ》」に変化しているのは注意すべき事だと思ったりした。

玉の方は三毛とは反対に神経が遅鈍《ちどん》で、おひとよしであると同時に、挙動が何となく無骨《ぶこつ》で素樸《そぼく》であった。どうかすると寧《むし》ろ犬のある特性を思い出させるところがあった。宅へ来た当座《とうざ》は下性《げしょう》が悪くて、喰い意地がきたなくて、無闇《むやみ》にがつがつしていたので、女性の家族の間では特に評判がよくなかった。それで自然にご馳走《ちそう》のいい部分は三毛の方に与えられて、残りの質の悪い分け前がいつでも玉に割り当てられるようになっていた。しかし不思議なものでこの粗野な玉の喰い物に対する趣味は何時となしに向上して行って、同時にあのあまりに見苦しいほどに強かった食慾も段々尋常《じんじょう》になって行った。挙動もいくらかは鷹揚《おうよう》らしいところが出来てきたが、それでも生まれついた無骨さはそう容易には消えそうもない。例えば障子《しょうじ》の切り穴を抜ける時にも、三毛だと身体のどの部分も障子の骨に触る事なしに、するりと音もなく躍《おど》り抜けて、向こう側に下り立つ足音も殆《ほとん》ど聞こえぬくらいに柔らかであるが、それが玉だとまるで様子がちがう。腹だか背だかあるいは後脚《あとあし》だか、何処かしらきっと障子の骨にぶつかって激しい音を立て、そして足音高く縁側《えんがわ》に、下りるというより寧ろ落ちるのである。この区別はあるいは一般に雌雄の区別に相当する共通のものであるかどうか私には分からない。しかし考えて見ると人間の同じ性のものの中でもこれに似た区別がかなりに著《いちじる》しい。ちょっと一つの部屋から隣の部屋へ行く時にも必ず間の唐紙《からかみ》にぶつかり、縁側を歩く時にも勇ましい足音を立てないでは歩かない人と、また気味の悪いほどに物音を立てない人とがある事を考えて見ると、三毛と玉との場合にも主な差別はやはり性の相違ばかりではなくて個性の差に帰せらるべきものかも知れない。

今年の春寒《はるさむ》の頃になってから三毛の生活に著しい変化が起こって来た。それまで殆どうちをあける事のなかったのが、毎日のように外出をはじめた。従来はよその猫を見ると可笑《おか》しいほどに恐れて敵意を示していたのが、どうした事か見知らぬ猫と庭の隅をあるいているのを見かける事もあった。一日あるいはどうかするとそれ以上も姿を隠す事があった。始めはもしや猫殺しの手にでもかかったのではないかと心配して近所中《じゅう》を尋《たず》ねさせたりした事もあったが、そうしていると夜明け方などにふいと帰って来た。平生《へいぜい》は艶々《つやつや》しい毛色が妙に薄汚くよごれて、顔も何時となく目立って痩《や》せて、眼《め》付《つ》きが険しくなって来た。そして食慾も著しく減退した。

うちの三毛が変などろぼう猫と隣の屋根で喧嘩《けんか》をしていたというような報告を子供の口から聞かされる事もあった。

私は何となしに恐ろしいような気がした。自分では何事も知らない間に、この可憐《かれん》な小動物の肉体の内部に、不可抗《ふかこう》な「自然」の命令で、避け難《がた》い変化が起こりつつあった。そういう事とは夢にも知らない彼女は、ただ身体に襲いかかる不可思議な威力の圧迫に恐れ戦《おのの》きながら、春寒の霜《しも》の夜に知らぬ軒端《のきば》をさまよい歩いているのであった。私は今更《いまさら》のように自然の方則《ほうそく》の恐ろしさを感じると同時に、その恐ろしさをさえ何のためとも自覚し得ない猫を哀《あわ》れに思うのであった。

そのうちにまた何時となく三毛の生活は以前のように平静になったが、その時にはもう今までの子猫ではなくて立派に一人前の「母」になっていた。

いつも出入りする障子の穴が、彼女のためには日ごとに狭くなって行くのであった。出入りの度《たび》ごとにその重い腹部をかなりに強く障子にぶっつけた。どうかすると無作法《ぶさほう》な玉よりもはげしい音を立ててやっとくぐり抜ける事もあった。人間でさえも、ほんの少しばかりいつもより鍔《つば》の広い麦藁帽《むぎわらぼう》を被《かぶ》るともう見当がちがって、いろいろなものにぶっつかるくらいであるから、如何《いか》に神経の鋭敏な三毛でも日々に進行する身体の変化に適応して運動を調節する事は出来なかったにちがいない。それは兎《と》に角《かく》私はそれがために胎児《たいじ》や母体に何か悪い影響がありはしないかという気がしたが、しかし別にどうするでもなくそのままにうっちゃって置いた。

どんな子猫が生まれるだろうかという事が私の子供らの間にしばしば問題になっていた。いろいろな勝手な希望も持ち出された。そして銘々《めいめい》の小さな頭にやがて来たるべき奇蹟《きせき》の日を描いてそれを待ち遠しがっているのであった。今度生まれたのは全部うちで飼ってほしいという願いを両親に提出するのもあった。

ある日家族の大部分は博覧会見物に出かけた。私は留守番をして珍しく静かな階下の居室で仕事をしていたが、いつもとはちがって鳴き立てる三毛の声が耳についた。食物をねだる時や、外から帰って来る主人を見かけてなくのとは少し様子がちがっていた。そして何となく不安で落ち着き得ないといったような風で、私の傍へ来るかと思うと縁側に出たり、また納戸《なんど》の中に何物かを捜《さが》すように彷徨《さまよ》っては哀れな鳴き声を立てていた。

かつて経験のない私にも、この何時にない三毛の挙動の意味は明らかに直感された。そして困ったものだと思った。妻はいないし、うちにいる私の母も年の行かぬ下女《げじょ》もいずれも猫の出産に際してとるべき適当の処置については何らの予備知識も持ち合わせなかったのである。

兎も角も古い柳行李《やなぎごうり》の蓋《ふた》に古い座蒲団《ざぶとん》を入れたのを茶の間の箪笥《たんす》の影に用意してその中に三毛を坐らせた。しかし平生からその坐りどころや寝どころに対してひどく気むずかしいこの猫は、そのような慣れない産室に一刻も落ち着いて寝てはいなかった。そして物に憑《つ》かれたようにそこら中をうろついていた。

午《ひる》過ぎに二階へ上がっていたら、階段の下から下女が大きな声を立てて猫の異状《いじょう》を訴えて来た。下りて来て見ると、三毛は居間の縁の下で、土ぼこりにまみれた鼠色の団塊《かたまり》を一生懸命で嘗《な》め転がしていた。それは殆ど生きているとは思われない海鼠《なまこ》のような団塊であったが、時々見かけに似合わぬ甲高《かんだか》いうぶ声をあげて鳴いていた。三毛は全く途方にくれているように見えた。赤子の首筋を咬《くわ》えて庭の方へ行こうとしているかと思うと、途中で地上に下ろしてまた嘗め転がしている。とうとうその土にまみれた、気味悪くぬれ汚れたものを咬えて私達の居間に持ち込んで来た。そして私の座蒲団の上へおろして、その上で人間ならば産婆《さんば》のすべき初生児の操作法を行おうとするのである。私は急いで例の柳行李の蓋を持って来て母子《おやこ》をその中に安置したが、ちょっとの間もそこにはいてくれないで、すぐにまた座敷中を引きずり歩くのであった。

当惑した私は裏の物置きへその行李を持ち込んで行って、そこに母子を閉じ込めてしまった。残酷なような気もしたが、家中の畳を汚されるのは私には堪え難い不愉快《ふゆかい》であった。

物置きの戸を烈《はげ》しく引っ掻《か》く音がすると思っていると、突然高い無双《むそう》窓に三毛の姿が現れた。子猫を咬えたままに突っ立ち上がって窓の隙間から出ようとして狂気のように藻掻《もが》いているさまは本当に物凄いようであった。その時の三毛の姿勢と恐ろしい眼付きとは今でも忘れる事の出来ないように私の頭に焼き付けられた。

急いで戸をあけてやった。よく見ると、子猫のからだが真っ黒になっているし、三毛の四つ足も丁度《ちょうど》脚絆《きゃはん》をはいたように黒くなっている。

この間中板塀《いたべい》の土台を塗るために使った防腐《ぼうふ》塗料をバケツに入れたのが物置きの窓の下においてあった。その中に子猫を取り落としたものと思われた。頭から油をあびた子猫はもう明らかに呼吸が止まっているように見えたが、それでもまだかすかに認められるほどの蠢《うごめ》きを示していた。

むごたらしい人間の私は、三毛がこの防腐剤にまみれた脚と子猫で家中の畳を汚しあるく事に何よりも当惑したので、すぐに三毛を抱《かか》えて風呂場に這入《はい》って石鹸で洗浄を始めたが、この粘《ね》ば粘ばした油が密生した毛の中に浸透したのは中々《なかなか》容易にはとれそうもなかった。

そのうちにもう生命の影も認められないようになった子猫はすぐに裏庭の桃の樹《き》の下に埋めた。埋めてしまった後に、もしや未《ま》だ活《い》きていたのではなかったかという不安な心持ちがして来て非常にいやな気がした。しかしもう一度それを掘りかえして見るだけの勇気はどうしてもなかった。黒い油にまみれたあのおぞましい団塊に再び生命が復《かえ》って来ようとも思われなかった。

そのうちに一同が帰宅して留守中に起こった非常な事件に関する私からの報告を聞いているうちに、三毛はまた第二第三の分娩《ぶんべん》を始めた。私はもうすべての始末を妻に託して二階にあがった。机の前に坐ってやっと落ち着いて見ると、ただささえ病に弱っている自分の神経が異常な興奮のためにひどく疲れているのに気が付いた。

あとから生まれた三疋の子猫はみんな間もなく死んでしまった。物置きに入れられてからの三毛の烈しい肉体と精神の劇動がこの死産の原因になったのではないかと疑って見た。この疑いはいつまでも私の心の奥の方に小さな傷痕《きずあと》のようになって残っている。桃の樹の下に三疋の同胞と共に眠っているあの子猫に関する一種の不安も恐らくいつまでも私の良心に軽い刺激となって残るだろう。

産後の経過が尋常でなかった。三毛は全く食慾を失って、物憂《ものう》げに眼をしょぼしょぼさせながら一日背を丸くして坐っていた。触って見るとからだ中の筋肉が細かく戦いているのが感ぜられた。これは打ち捨てておいては危険だと思われたので、すぐに近所の家畜病院へ連れて行かせた。胎児がまだ残っているらしいから手術をして、そしてしばらく入院させたほうがいいと云う事であった。

十日ばかりの入院中を毎日のように代わる代わる子供らが見舞いに行った。それが帰って来ると、三毛の様子がどういう風であったかを聞いて見るが、いつも要領を得る事は出来なかった。あまり頻繁《ひんぱん》に見に来ると猫の神経を刺激して病気にさわると云って医師から警告を受けて帰ったものもあった。

物を云わない家畜を預かって治療を施す医者の職業は考えてみると余程《よほど》神聖なもののような気がした。入院中に受けた待遇について何らの判断も記憶も持ち得ないし、また帰宅しても人間に何事も話す事の出来ないような患者に忠実親切な治療を施すという事が当たり前ではあるが何となく美しい事のように思われた。

退院後もしばらく薬を貰っていた。その散薬《さんやく》の包み袋が人間のと全く同じであるが、名前のところには吉村氏愛猫《あいびょう》としてその下に活字で「号」の字があった。おそらく「三毛号」とするところを略したのだろう。兎に角それからしばらくは愛猫号という三毛の渾名《あだな》が子供らの間に流行していた。

ある日学校から帰った子供が見慣れぬ子猫を抱いて来た。宅の門前に誰かが捨てて行ったものらしい。白に黒斑《くろぶち》のある、そして尻尾《しっぽ》の長い種類のものであった。縁側を歩かせるとまだ脚が不たしかで、羽二重《はぶたえ》のように滑《なめ》らかな蹠《あしうら》は力なく板の上をずるずる辷《すべ》った。三毛を連れて来てつき合わせると三毛の方が非常に驚き怖《おそ》れて背筋の毛を逆立てた。しかしそれから数時間の後に行って見ると、誰かが押し入れの中にオルガンの腰掛けを横にして作ってやった穴ぼこの中に三毛が横に長くねそべって、その乳《ち》房《ぶさ》にこの子猫が喰い付いていた。子猫はポロポロポロとかすかに咽喉《のど》を鳴らし、三毛はクルークルーと今までついぞ聞いた事のない声を出して子猫の頭と云わず背と云わず嘗め廻していた。一度眼覚めんとして中止されていた母性が、この知らぬ他所《よそ》の子猫によって一時に呼び醒《さ》まされたものと思われた。私は子を失った親のために、また親を失った子のために何がなしに胸の柔らぐような満足の感じを禁じる事が出来なかった。

三毛の頭にはこの親なし子のちびと自分の産んだ子との区別などは分かろうはずはなかった。そしてただ本能の命ずるがままに、全く自分の満足のためにのみ、この養《よう》児《じ》をはぐくんでいたに相違ない。しかし吾々人間の眼で見てはどうしてもそうは思いかねた。熱い愛情にむせんででもいるような声でクルークルーと鳴きながら子猫をなめているのを見ていると、つい引き込まれるように柔らかな情緒の雰囲気につつまれる。そして人間の場合とこの動物の場合との区別に関する学説などがすべて馬鹿《ばか》らしいどうでもいい事のように思われてならなかった。

どうかすると私はこのちびが、死んだ三毛の実子《じっし》のうちの一つであるような幻覚に捉《とら》えられる事があった。人間の科学に照らせばそれは明白に不可能な事であるが、しかし猫の精神の世界ではたしかにこれは死児の再生と云っても間違いではない。人間の精神の世界がN元《ディメンジョン》のものとすれば、「記憶」というものの欠けている猫の世界は(N−1)元のものと見られない事もない。

ちびは大きくなるにつれて可愛くなって行った。彼は三毛にも玉にもない長い尻尾をもっていると同時に、また三毛にも玉にもない性情のある一面を具えていた。例えば三毛が昔気質《かたぎ》の若い母親で、玉が田舎出の書生《しょせい》だとすれば、ちびには都会の山の手の坊ちゃんのようなところがあった。何処か才《さい》はじけたような、しかしそれがための嫌味《いやみ》のない愛くるしさがあった。

小さな背を立てて、長い尻尾をへの字に曲げて、よく養母の三毛に喧嘩を挑《いど》んだが、三毛の方では母親らしくいい加減にあやしていた。あまりうるさくなると相手になってかなり手荒く子猫の首を〆《しめ》付けて転がしておいて逃げ出す事もあった。しかしそんな場合に口汚く罵《ののし》らないだけでも人間の母親のある階級のものよりは遥《はる》かに感じがよかった。また子猫の方でもどんなにひどくされてもいじけたり、すねたりしない点が吾々の子供よりもずっと立派なように思われた。

もう一人立ちができるようになって、ちびは親戚《しんせき》のうちへ貰われて行った。迎いの爺《じい》やが連れに来た時に、子供らは子猫を三毛の傍へ連れて行って、別れでも惜《お》しませるつもりで口々に何か云っていたが、こればかりは何の事とも理解されようはずはなかった。ちびが永久に去った後に三毛はこの世界に何事も起こらなかったかのように縁側の柱の下にしゃがんで気持ちよさそうに眼をしょぼしょぼさせていた。それが罪《ざい》業《ごう》の深い吾々人間には妙に淋《さび》しいものに見えるのであった。それから一両日の間は時々子猫を捜すかと思われるような挙動を見せた事もあったが、それもただそれ切りで、やがて私の家の猫には長閑《のどか》な平和の日が帰って来た。それと同時に、殆ど忘れられかかっていた玉の存在が明らかになって来た。

子猫に対して玉は「伯父《おじ》さん」という渾名をつけられていた。そして甚《はなは》だ冷淡でそっけない伯父さんとして、いつもながら不利な批評の焦点になっていたが、もうそれも過去になって、彼もまたもとの大きな子猫になってしまった。子猫に対して見ると如何にも分別のある母親らしく見えていた三毛ですらも、やはりそうであった。一番小さい私の子供に引っ抱えられて逃げようとして藻掻きながら鳴いているところを見たりすると、尚更《なおさら》そういうディスイリュージョンを感じるのであった。

夏の末頃になって三毛は二度目の産をした。今度も偶然な吻合《コインシデンス》で、丁度妻が子供を連れて出掛けるところであったが、三毛の様子がどうも変であったから少し外出を見合わして看護させた。納戸の隅の薄暗いところへいつかの行李を置いてその中に寝かせ、そしてそろそろ腹を撫《な》でてやると烈しく咽喉を鳴らして喜んだそうである。そして間もなく安々《やすやす》と四疋の子猫を分娩《ぶんべん》した。

人間のこしらえてやった寝床ではどうしても安心が出来ないと見えて、母猫は何時の間にか納戸の高い棚の奥に四疋をくわえ込んだ。子供らはいくら止めても聞かないで、高い踏み台を持ち出してそれを覗《のぞ》きに行くのであった。私は何とはなしにチェホフの小品《しょうひん》にある子猫と子供の話を思い浮かべて、あまりきびしくそれを咎《とが》める気にもなれなかった。

子猫の眼のあきかかる頃になってから、時々棚の上からおろして畳の上を這い廻らせた。そういう時は家内中のものが寄り集まってこの大きな奇蹟を環視《かんし》した。そのような事を繰り返す日ごと日ごとに、覚束《おぼつか》ない脚のはこびが確かになって行くのが眼に立って見えた。単純な感覚の集合から経験と知識が構成されて行く道筋は恐らく人間の赤子の場合と似たものではあるまいかと思われた。そしてその進歩が人間に比べて驚くべく急速である事も拒《こば》み難い。このように知能の漸近線《アシンプトート》の近い動物の方が、それの遠い人間に比べてそれに近づく速度の早いという事実はかなり注意すべき事だと思ったりした。物質に関する科学の領域にはこれに似た例は稀《まれ》であろう。

二疋の子猫は大体三毛に似た毛色をしていた。一つを「太郎」もう一つを「次郎」と呼んでいた。あとの二疋は玉のような赤黄色いのと、灰色と茶の縞《しま》のような斑のあるのとで、前のを「あか」後のを「おさる」と名づけていた。おさるは顔にある縞が所謂《いわゆる》何処か猿ぐまに似ていたから誰かがそう名づけたのである。そうして背中の斑が虎のようだから「鵺《ぬえ》」だというものもあった。この鵺だけが雌で、他の三疋はいずれも男性であった。

生長するにつれて四疋の個性の相違が目について来た。太郎はおっとりして愛嬌《あいきょう》があって、それでやっぱり男らしかった。次郎もやはり坊ちゃんらしい点は太郎に似ていたが、何となく少し無骨で鈍なところがあった。赤は顔付きからして神経的な狐《きつね》のようなところがあったが、実際臆病《おくびょう》かあるいは用心深くて、子供らしいところが少なかった。おさるは雌だけに何処か雌らしいところがあって、つかまりでもするとけたたましい悲鳴をあげて人を驚かした。

玉をつれて来て子猫の群れへ入れると、赤と次郎はひどくおびえて背を丸く立てて固くしゃちこばったが、太郎とおさるはじきに馴《な》れて平気でいた。玉の方は相変わらず極めて冷淡な伯父さんで、面倒臭がってすぐに何処かへ逃げて行ってしまった。四疋の子猫に対する四人の子供の感情にもやはり色々の差別があった。これはどうする事も出来ない自然の理法であろう。愛憎《あいぞう》はよくないと云って愛憎のない世界がもしあったらそれはどんなに淋しいものかも分からない。

子猫はそれぞれ貰われて行った。太郎はあるデパートメントストアーへ出ているという夫婦暮らしの家へ、次郎は少し遠方のあるおやしきへ、赤は独り住まいのご隠居さんのところへ、最後におさるは近い電車通りの氷屋へそれぞれ片付いて行った。私は記念にと思ってその前に四疋の寝ている姿を油絵具でスケッチして置いたのが、今も書斎の棚の上にかかっている。拙《まず》い絵ではあるが、それを見る度に私は何かしら心が柔らぐように思う。

太郎の行った家には多少の縁故《えんこ》があるので、幼い子供らは時々様子を見に行った。おさるの片付いた氷屋も便宜《べんぎ》がいいので通りがかりに見に行くそうである。秋になってその氷屋は芋《いも》屋に変わった。店先の框《かまち》の日向《ひなた》に香箱《こうばこ》を作って居眠りしている姿を私も時々見かける。前を通る度には、つい店の中をのぞき込みたいような気がするのを自分でも可笑しいと思う。

今でも時々家内で子猫の噂《うわさ》が出る。そして猫にも免れ難《まぬが》い運命の順逆がいつでも問題になった。この間近所の泥溝《どぶ》に死んでいた哀れな野良猫の子も引き合いに出て、同じ運命から拾い上げられて三毛に養われ豊かな家に貰われて行ったあのちびが一番の幸運だというものもあれば、ご隠居さんばかりの家に行った赤が一番楽でいいだろうというものもあった。妻は特に可愛がっていた太郎がわりに好運でなかった事を残念がっているらしかったが、私はどういうものか芋屋の店先に眠っているおさるの運命の行く末に心を引かれた。

ある夜夜更《ふ》けての帰り途《みち》に芋屋の角まで来ると、路地の塵芥箱《ごみばこ》の側《そば》をそろそろ歩いているおさるの姿を見かけた。近づいて頭を撫でてやると逃げようともしないで大人しく撫でられていた。背中が何となく骨立っていて、あまり光沢《こうたく》のないらしい毛の手触りも哀れであった。

娘を片付けて後のある場合の「父」の心を想いながら私は月の朧《おぼろ》な路地を抜けてほど近い我が家へ急いで行った。

私は猫に対して感ずるような純粋な温かい愛情を人間に対して懐《いだ》く事の出来ないのを残念に思う。そういう事が可能になるためには私は人間より一段高い存在になる必要があるかも知れない。それはとても出来そうもないし、仮にそれが出来たとした時に私は恐らく超人の孤独と悲哀《ひあい》を感じなければなるまい。凡人《ぼんじん》の私はやはり子猫でも可愛がって、そして人間は人間として尊敬し親しみ恐れ憚《はばか》りあるいは憎《にく》むより外《ほか》はないかも知れない。

太陽の言葉

島崎藤村

『お早《はよ》う。』

とわたしは太陽の隠れているところへ行って声を掛けて見た。返事がない。きょうも太陽は引っ込みきりだ。

すこしばかり自分の記憶にあることをここに書きつけよう。初めて太陽の美しさが、私の眼に映ったのは、日の出の時ではなくて、むしろ日没の時であった。わたしはまだ十八歳の少年であった。当時のわたしの周囲には、ごく漠然《ばくぜん》とした自然の愛を教えてくれる人はあっても、一語《ひとこと》あの太陽を見よとわたしに指して言ってくれるものもなかった。わたしは沈んで行く夕日を高輪御殿山《たかなわごてんやま》の木立の間に見つけて、その驚きと歓《よろこ》びとを分かつために一緒に山遊びに出掛けた友達の方へ走って行ったくらいである。わたしは友達と二人で、美しい日没を望みながらしばらくそこに立ちつくしたが、あの時のわたしの胸に満ちて来た驚きと歓びとは今だに忘れずにある。

それに増しても忘れ難《がた》いのは、初めてわたしの内部《なか》に太陽の登って来たことを感づいた時だ。青年時代のわたしの生涯は艱難《かんなん》の連続で、ほとほと太陽の笑顔を仰《あお》ぐということもなしに多くの暗い月日を過ごした。稀《まれ》にわたしの眼に映るものはと言えば、何の温かみもなく、何の正気もなく、ただ朝になれば東の空から出て晩には西の空へ沈んで行くような、紅《あか》いしょんぼりとした日輪《にちりん》であった。わたしが二十五歳の青年の時だ。わたしは仙台の方へさびしい旅をして、その時初めて自分の内部にも太陽の登って来る時のあることを知った。

日光の饑《う》え――このわたしの要求はかなり強いものであったと見えて、明《あ》けそうで明けない薄くらやみが続きに続いて行った時には、わたしもひどくがっかりした。わたしは幾度か太陽を見失ったこともある。太陽を求める心すら時には薄らいだこともある。太陽はわたしから離れて行って、ただただ無意味な、悲しく痛ましげな顔付きのものとばかりわたしの眼に映ったこともある。

けれども、一度《ひとたび》自分の内部にも太陽の登って来る時のあることを知ったわたしは、幾度となく夜明けを待ちうける心に帰って行った。毎年五ヶ月の長い冬の続く信濃《しなの》の山の上からも、新開地らしい頃の東京の郊外の畠《はたけ》の間からも、日の出を町の空に望むに好《よ》い隅田川《すみだがわ》の岸からも、わたしは夜明けを待ちつづけた。それればかりでなく、長い年月の間にはわたしも異郷の旅人となったことがあって、紫色の泥かとも見まがう遠い海の上からも、見るからに夢のような青い燐《りん》の光の流れる熱帯地方の波の間からも、それからまた、石造りの建築物《たてもの》も冷たく並木も黒く万物は皆凍り果てたような寒い異郷の町の中からも、わたしは夜明けを待ちつづけた。そして遠い日の出を夢みながら、故国《くに》をさして帰って来たこともあった。

わたしは三十年の余も待った。おそらく、わたしはこんな風にして、一生夜明けを待ち暮らすのかも知れない。しかし、誰でもが太陽であり得る。わたしたちの急務はただただ眼の前の太陽を追いかけることではなくて、自分らの内部に高く太陽を掲《かか》げることだ。この考えは年と共に深く、わたしの小さな胸の中に根を張って来た。

今のわたしが想像する太陽とは、もう余程《よほど》の年齢のものだ。物心づいてからこのかた、わたしが覚えているだけでも、太陽の齢はことし五十三にもなる。そのわたしの知らない以前の齢を加えたら、あの太陽が何ほどの高齢な老年であるとも、ちょっとそれを言って見ることも出来ない。

人が五十三もの年頃になれば、衰《おとろ》えないものはごく稀《まれ》だ。髪は年ごとに白さを増し、歯も欠け、視力も衰え、かつて紅かった頬《ほお》にも古い岩壁の面のような皺《しわ》を刻みつける。そこには附着する苔《こけ》のような皮膚の斑点《しみ》をさえ留《とど》める。多くの親しかったものも次第に死んで行って、思いがけない病と、晩年の孤独とが、人を待っている。このわたしたちの力弱さに比べたら、太陽のことは想像も及ばない。絶え間のないあの飛翔《ひしょう》と、あの奮躍《ふんやく》。夜ごとの没落はやがてまた朝紅の輝きにと進んで行くあの生気。まことの老年の豊富さは、太陽を措《お》いて外《ほか》にはない。それにしても、この世で最も老いたものが最も若いということには、わたしは心から驚かされる。

『お早う。』

とまたわたしは声を掛けて見たが、返事がなかった。しかし、わたしはこの年になって、また自分の内部に甦《よみがえ》って来る太陽のあることを感づくところから見ると、どうやら夜明けも遠くないような気がする。

硝子戸の中

夏目漱石

私がHさんからヘクトーを貰った時の事を考えると、もういつの間にか三四年の昔になっている。何だか夢のような心持ちもする。

その時彼はまだ乳離れのしたばかりの子供であった。Hさんの御弟子は彼を風呂敷に包んで電車に載せてうちまで連れて来てくれた。私はその夜彼を裏の物置の隅に寝かした。寒くないように藁《わら》を敷いて、できるだけ居心地のいい寝床を拵《こしら》えてやったあと、私は物置の戸を締めた。すると彼は宵《よい》の口から泣き出した。夜中には物置の戸を爪で掻《か》き破って外へ出ようとした。彼は暗い所にたった独《ひと》り寝るのが淋《さび》しかったのだろう、翌《あく》る朝までまんじりともしない様子であった。

この不安は次の晩もつづいた。その次の晩もつづいた。私は一週間あまりかかって、彼が与えられた藁の上にようやく安らかに眠るようになるまで、彼の事が夜になると必ず気にかかった。

私の子供は彼を珍しがって、間《ま》がな隙《すき》がな玩弄物《おもちゃ》にした。けれども名がないのでついに彼を呼ぶ事ができなかった。ところが生きたものを相手にする彼らには、是非とも先方の名を呼んで遊ぶ必要があった。それで彼らは私に向かって犬に名を命《つ》けてくれとせがみ出した。私はとうとうヘクトーという偉い名を、この子供達の朋友《ほうゆう》に与えた。

それはイリアッドに出てくるトロイ一の勇将の名前であった。トロイと希臘《ギリシャ》と戦争をした時、ヘクトーはついにアキリスのために打たれた。アキリスはヘクトーに殺された自分の友達の讐《かたき》を取ったのである。アキリスが怒《いか》って希臘方から躍《おど》り出した時に、城の中に逃げ込まなかったものはヘクトー一人であった。ヘクトーは三たびトロイの城壁をめぐってアキリスの鋒先《ほこさき》を避けた。アキリスも三たびトロイの城壁をめぐってその後を追いかけた。そうしてしまいにとうとうヘクトーを槍《やり》で突き殺した。それから彼の死骸を自分の軍車《チャリオット》に縛りつけてまたトロイの城壁を三度引き摺《ず》り廻した。……

私はこの偉大な名を、風呂敷包みにして持って来た小さい犬に与えたのである。何にも知らないはずのうちの子供も、始めは変な名だなあと云《い》っていた。しかしじきに慣れた。犬もヘクトーと呼ばれるたびに、嬉しそうに尾を振った。しまいにはさすがの名もジョンとかジョージとかいう平凡な耶蘇《ヤソ》教信者の名前と一様に、毫《ごう》も古典的《クラシカル》な響きを私に与えなくなった。同時に彼はしだいにうちのものから元ほど珍重されないようになった。

ヘクトーは多くの犬がたいてい罹《かか》るジステンパーという病気のために一時入院した事がある。その時は子供がよく見舞いに行った。私も見舞いに行った。私の行った時、彼はさも嬉しそうに尾を振って、懐かしい眼を私の上に向けた。私はしゃがんで私の顔を彼の傍《そば》へ持って行って、右の手で彼の頭を撫《な》でてやった。彼はその返礼に私の顔をところ嫌わず舐《な》めようとしてやまなかった。その時彼は私の見ている前で、始めて医者の勧める小量の牛乳を呑《の》んだ。それまで首を傾《かし》げていた医者も、この分ならあるいは癒《なお》るかもしれないと云った。ヘクトーははたして癒った。そうしてうちへ帰って来て、元気に飛び廻った。

日ならずして、彼は二三の友達を拵えた。その中で最も親しかったのはすぐ前の医者のうちにいる彼と同年輩ぐらいの悪戯者《いたずらもの》であった。これは基督《キリスト》教徒に相応《ふさわ》しいジョンという名前を持っていたが、その性質は異端者のヘクトーよりも遥かに劣っていたようである。むやみに人に噛みつく癖があるので、しまいにはとうとう打ち殺されてしまった。

彼はこの悪友を自分の庭に引き入れて勝手な狼藉《ろうぜき》を働いて私を困らせた。彼らはしきりに樹の根を掘って用もないのに大きな穴を開けて喜んだ。綺麗《きれい》な草花の上にわざと寝転んで、花も茎も容赦なく散らしたり、倒したりした。

ジョンが殺されてから、無聊《ぶりょう》な彼は夜遊び昼遊びを覚えるようになった。散歩などに出かける時、私はよく交番の傍に日向ぼっこをしている彼を見る事があった。それでもうちにさえいれば、よくうさん臭いものに吠えついて見せた。そのうちで最も猛烈に彼の攻撃を受けたのは、本所辺から来る十歳《とお》ばかりになる角兵衛獅子《かくべえじし》の子であった。この子はいつでも「今日《こんち》は御祝い」と云って入って来る。そうして家の者から、麺麭《パン》の皮と一銭銅貨を貰わないうちは帰らない事に一人できめていた。だからヘクトーがいくら吠えても逃げ出さなかった。かえってヘクトーの方が、吠えながら尻尾《しっぽ》を股の間に挟んで物置の方へ退却するのが例になっていた。要するにヘクトーは弱虫であった。そうして操行からいうと、ほとんど野良犬と択《えら》ぶところのないほどに堕落《だらく》していた。それでも彼らに共通な人懐っこい愛情はいつまでも失わずにいた。時々顔を見合せると、彼は必ず尾を掉《ふ》って私に飛びついて来た。あるいは彼の背を遠慮なく私の身体に擦りつけた。私は彼の泥足のために、衣服や外套《がいとう》を汚した事が何度あるか分からない。

去年の夏から秋へかけて病気をした私は、一カ月ばかりの間ついにヘクトーに会う機会を得ずに過ぎた。病がようやく怠《おこた》って、床の外へ出られるようになってから、私は始めて茶の間の縁《えん》に立って彼の姿を宵闇《よいやみ》の裡《うち》に認めた。私はすぐ彼の名を呼んだ。しかし生垣の根にじっとうずくまっている彼は、いくら呼んでも少しも私の情《なさ》けに応じなかった。彼は首も動かさず、尾も振らず、ただ白い塊のまま垣根にこびりついているだけであった。私は一カ月ばかり会わないうちに、彼がもう主人の声を忘れてしまったものと思って、微《かす》かな哀愁を感ぜずにはいられなかった。

まだ秋の始めなので、どこの間の雨戸も締められずに、星の光が明け放たれた家の中からよく見られる晩であった。私の立っていた茶の間の縁には、家のものが二三人いた。けれども私がヘクトーの名前を呼んでも彼らはふり向きもしなかった。私がヘクトーに忘れられたごとくに、彼らもまたヘクトーの事をまるで念頭に置いていないように思われた。

私は黙って座敷へ帰って、そこに敷いてある布団の上に横になった。病後の私は季節に不相当な黒八丈《くろはちじょう》の襟《えり》のかかった銘仙《めいせん》のどてらを着ていた。私はそれを脱ぐのが面倒だから、そのまま仰向《あおむ》けに寝て、手を胸の上で組み合せたなり黙って天井を見つめていた。

翌る朝書斎の縁に立って、初秋《はつあき》の庭の面《おもて》を見渡した時、私は偶然また彼の白い姿を苔《こけ》の上に認めた。私は昨夕《ゆうべ》の失望を繰り返すのが厭《いや》さに、わざと彼の名を呼ばなかった。けれども立ったなりじっと彼の様子を見守らずにはいられなかった。彼は立木の根方《ねがた》に据えつけた石の手水鉢《ちょうずばち》の中に首を突き込んで、そこに溜まっている雨水をぴちゃぴちゃ飲んでいた。

この手水鉢はいつ誰が持って来たとも知れず、裏庭の隅に転がっていたのを、引っ越した当時植木屋に命じて今の位置に移させた六角形のもので、その頃は苔が一面に生えて、側面に刻みつけた文字も全く読めないようになっていた。しかし私には移す前一度判然《はっきり》とそれを読んだ記憶があった。そうしてその記憶が文字として頭に残らないで、変な感情としていまだに胸の中を往来していた。そこには寺と仏と無常の匂いが漂っていた。

ヘクトーは元気なさそうに尻尾を垂れて、私の方へ背中を向けていた。手水鉢を離れた時、私は彼の口から流れる垂涎《よだれ》を見た。

「どうかしてやらないといけない。病気だから」と云って、私は看護婦を顧《かえり》みた。私はその時まだ看護婦を使っていたのである。

私は次の日も木賊《とくさ》の中に寝ている彼を一目見た。そうして同じ言葉を看護婦に繰り返した。しかしヘクトーはそれ以来姿を隠したぎり再びうちへ帰って来なかった。

「医者へ連れて行こうと思って、探したけれどもどこにもおりません」

家のものはこう云って私の顔を見た。私は黙っていた。しかし腹の中では彼を貰い受けた当時の事さえ思い起された。届け書を出す時、種類という下へ混血児《あいのこ》と書いたり、色という字の下へ赤斑《あかまだら》と書いた滑稽《こっけい》も微かに胸に浮んだ。

彼がいなくなって約一週間も経ったと思う頃、一二丁隔《へだ》たったある人の家から下女が使いに来た。その人の庭にある池の中に犬の死骸が浮いているから引き上げて頸輪《くびわ》を改めて見ると、私の家の名前が彫りつけてあったので、知らせに来たというのである。下女は「こちらで埋めておきましょうか」と尋ねた。私はすぐ車夫《くるまや》をやって彼を引き取らせた。

私は下女をわざわざ寄こしてくれたうちがどこにあるか知らなかった。ただ私の子供の時分から覚えている古い寺の傍だろうとばかり考えていた。それは山鹿素行《やまがそこう》の墓のある寺で、山門の手前に、旧幕時代の記念のように、古い榎《えのき》が一本立っているのが、私の書斎の北の縁から数多《あまた》の屋根を越してよく見えた。

車夫は筵《むしろ》の中にヘクトーの死骸を包《くる》んで帰って来た。私はわざとそれに近づかなかった。白木《しらき》の小さい墓標を買って来さして、それへ「秋風の聞こえぬ土に埋めてやりぬ」という一句を書いた。私はそれを家のものに渡して、ヘクトーの眠っている土の上に建てさせた。彼の墓は猫の墓から東北《ひがしきた》に当たって、ほぼ一間ばかり離れているが、私の書斎の、寒い日の照らない北側の縁に出て、硝子戸《ガラスど》のうちから、霜《しも》に荒らされた裏庭を覗くと、二つともよく見える。もう薄黒く朽《く》ちかけた猫のに比べると、ヘクトーのはまだ生々しく光っている。しかし間もなく二つとも同じ色に古びて、同じく人の眼につかなくなるだろう。

（全三十九章より、第三・四・五章を掲載）

不良少年とキリスト

坂口安吾

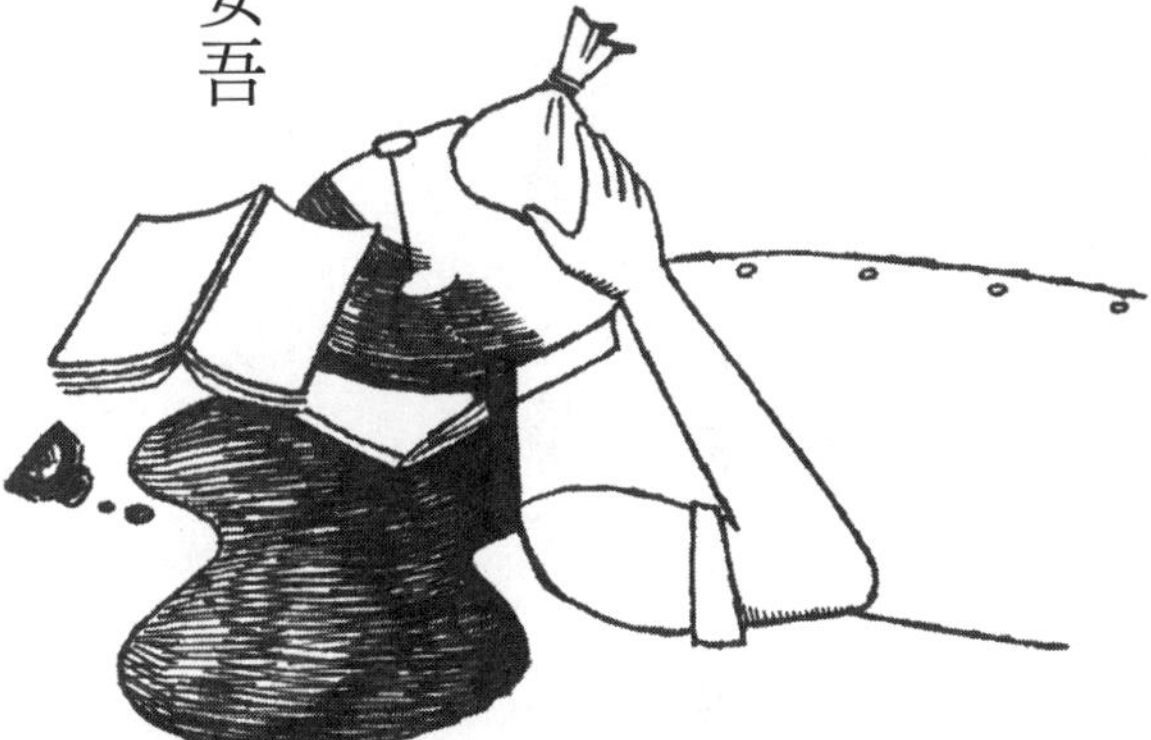

もう十日、歯がいたい。右頬《ほお》に氷をのせ、ズルフォン剤をのんで、ねている。ねていたくないのだが、氷をのせると、ねる以外に仕方がない。ねて本を読む。太宰《だざい》の本をあらかた読みかえした。

ズルフォン剤を三箱カラにしたが、痛みがとまらない。是非なく、医者へ行った。一向にハカバカしく行かない。

「ハア、たいへん、よろしい。私の申し上げることも、ズルフォン剤をのんで、氷嚢《ひょうのう》をあてる、それだけです。それが何より、よろしい」

こっちは、それだけでは、よろしくないのである。

「今に、治るだろうと思います」

この若い医者は、完璧な言葉を用いる。今に、治るだろうと思います、か。医学は主観的認識の問題であるか、薬物の客観的効果の問題であるか。ともかく、こっちは、歯が痛いのだよ。

原子バクダンで百万人一瞬にたたきつぶしたって、たった一人の歯の痛みがとまらなきゃ、なにが文明だい。バカヤロー。

女房がズルフォン剤のガラスビンを縦に立てようとして、ガチャリと倒す。音響が、とびあがるほど、ひびくのである。

「コラ、バカ者！」

「このガラスビンは立てることができるのよ」

先方は、曲芸をたのしんでいるのである。

「オマエサンは、バカだから、キライだよ」

女房の血相が変わる。怒り、骨髄《こつずい》に徹したのである。こっちは痛み骨髄に徹している。

グサリと短刀を頬へつきさす。エイとえぐる。気持ち、よきにあらずや。ノドにグリグリができている。そこが、うずく。耳が痛い。頭のシンも、電気のようにヒリヒリする。

クビをくれ。悪魔を亡ぼせ。退治せよ。すすめ。まけるな。戦え。

かの三文文士《さんもんぶんし》は、歯痛によって、ついに、クビをくくって死せり。決死の血相、ものすごし。闘志十分なりき。偉大。

ほめて、くれねえだろうな。誰も。

歯が痛い、などということは、目下《もっか》、歯が痛い人間以外は誰も同感してくれないのである。人間ボートク！　と怒ったって、歯痛に対する不同感が人間ボートクかね。しからば、歯痛ボートク。いいじゃないですか。歯痛ぐらい。やれやれ。歯は、そんなものでしたか。新発見。

たった一人、銀座出版の升金編輯《ますかねへんしゅう》局長という珍妙《ちんみょう》な人物が、同情をよせてくれた。

「ウム、安吾《あんご》さんよ。まさしく、歯は痛いもんじゃよ。歯の病気と生殖器の病気は、同類項の陰鬱《いんうつ》じゃ」

うまいことを言う。まったく、陰《いん》にこもっている。してみれば、借金も同類項だろう。借金は陰鬱なる病気也《なり》。不治の病い也。これを退治せんとするも、人力の及ぶべからず。ああ、悲し、悲し。

歯痛をこらえて、ニッコリ、笑う。ちっとも、偉くねえや。このバカヤロー。

ああ、歯痛に泣く。蹴《け》とばすぞ。このバカ者。

歯は、何本あるか。これが、問題なんだ。人によって、歯の数が違うものだと思っていたら、そうじゃ、ないんだってね。変なところまで、似せやがるよ。そうまで、しなくったって、いいじゃないか。だからオレは、神様が、きらいなんだ。なんだって、歯の数まで、同じにしやがるんだろう。気違いめ。まったくさ。そういうキチョウメンなヤリカタは、気違いのものなんだ。もっと、素直に、なりやがれ。

歯痛をこらえて、ニッコリ、笑う。ニッコリ笑って、人を斬《き》る。黙って坐れば、ピタリと、治まる。オタスケじいさんだ。なるほど、信者が集まるはずだ。

余は、歯痛によって、十日間、カンシャクを起こせり。女房は親切なりき。枕頭《まくらもと》に侍《はべ》り、カナダライに氷をいれ、タオルをしぼり、五分間おきに余のホッペタにのせかえてくれたり。怒り骨髄に徹すれど、色にも見せず、貞淑《ていしゅく》、女大学なりき。

十日目。

「治った?」

「ウム。いくらか、治った」

女という動物が、何を考えているか、これは利巧《りこう》な人間には、わからんよ。女房、とたんに血相変わり、

「十日間、私を、いじめたな」

余はブンナグラレ、蹴とばされたり。

ああ、余の死するや、女房とたんに血相変わり、一生涯、私を、いじめたな、と余のナキガラをナグリ、クビをしめるべし。とたんに、余、生きかえれば、面白し。

檀一雄《だんかずお》、来る。ふところより高価なるタバコをとりだし、貧乏するとゼイタクになる、タンマリお金があると、二十円の手巻きを買う、と呟《つぶや》きつつ、余に一個くれたり。

「太宰が死にましたね。死んだから、葬式に行かなかった」

死なない葬式が、あるもんか。

檀は太宰と一緒に共産党の細胞とやらいう生物活動をしたことがあるのだ。そのとき太宰は、生物の親分格で、檀一雄の話によると一団中《いちだんじゅう》で最もマジメな党員だったそうである。

「とびこんだ場所が自分のウチの近所だから、今度はほんとに死んだと思った」

檀仙人は神示《しんじ》をたれて、また、曰《いわ》く、

「またイタズラしましたね。なにかしらイタズラするです。死んだ日が十三日、グッドバイが十三回目、なんとか、なんとかが、十三……」

檀仙人は十三をズラリと並べた。てんで気がついていなかったから、私は呆気《あっけ》にとられた。仙人の眼力である。

太宰の死は、誰より早く、私が知った。まだ新聞へでないうちに、新潮の記者が知らせに来たのである。それをきくと、私はただちに置き手紙を残して行方《ゆくえ》をくらました。新聞、雑誌が太宰のことで襲撃すると直覚に及んだからで、太宰のことは当分語りたくないから、と来訪の記者諸氏に宛て、書き残して、家をでたのである。これがマチガイの元であった。

新聞記者は私の置き手紙の日附が新聞記事よりも早いので、怪《あや》しんだのだ。太宰の自殺が狂言《きょうげん》で、私が二人をかくまっていると思ったのである。

私も、はじめ、生きているのじゃないか、と思った。しかし、川っぷちに、ズリ落ちた跡《あと》がハッキリしていたときいたので、それでは本当に死んだと思った。ズリ落ちた跡までイタズラはできない。新聞記者は拙者《せっしゃ》に弟子入りして探偵小説を勉強しろ。

新聞記者のカンチガイが本当であったら、大いに、よかった。一年間ぐらい太宰を隠しておいて、ヒョイと生きかえらせたら、新聞記者や世の良識ある人々はカンカンと怒るか知れないが、たまにはそんなことがあっても、いいではないか。本当の自殺よりも、狂言自殺をたくらむだけのイタズラができたら、太宰の文学はもっと傑《すぐ》れたものになったろうと私は思っている。

★

ブランデン氏は、日本の文学者どもと違って眼識《がんしき》ある人である。太宰の死にふれて（時事新報《じじしんぽう》）文学者がメランコリイだけで死ぬのは例が少ない、たいがい虚弱《きょじゃく》から追いつめられるもので、太宰の場合も肺病が一因ではないか、という説であった。芥川《あくたがわ》も、そうだ。支那《しな》で感染した梅毒《ばいどく》が、貴族趣味のこの人をふるえあがらせたことが思いやられる。

芥川や太宰の苦悩に、もはや梅毒や肺病からの圧迫が慢性となって、無自覚になっていたとしても、自殺へのコースをひらいた圧力の大きなものが、彼らの虚弱であったことは本当だと私は思う。

太宰は、M・C、マイ・コメジアン、を自称しながら、どうしても、コメジアンになりきることが、できなかった。

晩年のものでは、――どうも、いけない。彼は「晩年」という小説を書いてるもんで、こんぐらかって、いけないよ。その死に近きころの作品においては（舌がまわらんネ）「斜陽《しゃよう》」が最もすぐれている。しかし十年前の「魚服記《ぎょふくき》」（これぞ晩年の中にあり）は、すばらしいじゃないか。これぞ、M・Cの作品です。「斜陽」も、ほぼ、M・Cだけれども、どうしてもM・Cになりきれなかったんだね。「父」だの「桜桃《おうとう》」だの、苦しいよ。あれを人に見せちゃア、いけないんだ。あれはフツカヨイの中にだけあり、フツカヨイの中で処理してしまわなければいけない性質のものだ。

フツカヨイの、もしくは、フツカヨイ的の、自責《じせき》や追懐《ついかい》の苦しさ、切なさを、文学の問題にしてもいけないし、人生の問題にしてもいけない。

死に近きころの太宰は、フツカヨイ的でありすぎた。毎日がいくらフツカヨイであるにしても、文学がフツカヨイじゃ、いけない。舞台にあがったM・CにフツカヨイCは許されないのだよ。覚醒《かくせい》剤をのみすぎ、心臓がバクハツしても、舞台の上のフツカヨイはくいとめなければいけない。

芥川は、ともかく、舞台の上で死んだ。死ぬ時も、ちょッと、役者だった。太宰は、十三の数をひねくったり、人間失格、グッドバイと時間をかけて筋をたて、筋書き通りにやりながら、結局、舞台の上ではなく、フッカヨイ的に死んでしまった。

フツカヨイをとり去れば、太宰は健全にして整然たる常識人、つまり、マットウの人間であった。小林秀雄《こばやしひでお》が、そうである。太宰は小林の常識性を笑っていたが、それはマチガイである。真に正しく整然たる常識人でなければ、まことの文学は、書けるはずがない。

今年の一月何日だか、織田作之助《おださくのすけ》の一周忌に酒をのんだとき、織田夫人が二時間ほど、おくれて来た。その時までに一座は大いに酔っ払っていたが、誰かが織田の何人かの隠していた女の話をはじめたので、

「そういう話は今のうちにやってしまえ。織田夫人がきたら、やるんじゃないよ」

と私が言うと、

「そうだ、そうだ、ほんとうだ」

と、間髪《かんはつ》を入れず、大声でアイヅチを打ったのが太宰であった。先輩を訪問するに袴《はかま》をはき、太宰は、そういう男である。健全にして、整然たる、本当の人間であった。

しかし、M・Cになれず、どうしてもフツカヨイ的になりがちであった。

人間、生きながらえば恥多し。しかし、文学のM・Cには、人間の恥はあるが、フ

ツカヨイの恥はない。

「斜陽」には、変な敬語が多すぎる。お弁当をお座敷にひろげてご持参のウイスキーをお飲みになり、といったグアイに、そうかと思うと、和田叔父《おじ》が汽車にのると上キゲンに謡《うた》をうなる、というように、いかにも貴族の月並みな紋切《もんき》り型で、作者というものは、こんなところに文学のまことの問題はないのだから平気なはずなのに、実に、フツカヨイ的に最も赤面するのが、こういうところなのである。

まったく、こんな赤面は無意味で、文学にとって、とるにも足らぬことだ。

ところが、志賀直哉《しがなおや》という人物が、これを採《と》りあげて、やッつける。つまり、志賀直哉なる人物が、いかに文学者でないか、単なる文章家にすぎん、ということが、これによって明らかなのであるが、ところが、これがまた、フツカヨイ的には最も急所をついたもので、太宰を赤面混乱させ、逆上させたに相違ない。

元々太宰は調子にのると、フツカヨイ的にすべってしまう男で、彼自身が、志賀直哉の「お殺し」という敬語が、体《てい》をなさんと云《い》って、やッつける。

いったいに、こういうところには、太宰の一番かくしたい秘密があった、と私は思う。

彼の小説には、初期のものから始めて、自分が良家の出であることが、書かれすぎている。

そのくせ、彼は、亀井勝一郎《かめいかついちろう》が何かの中で自ら名門の子弟を名乗ったら、ゲッ、名門、笑わせるな、名門なんて、イヤな言葉、そう言ったが、なぜ、名門がおかしいのか、つまり太宰が、それにコダワッているのだ。名門のおかしさが、すぐ響くのだ。志賀直哉のお殺しも、それが彼にひびく意味があったのだろう。

フロイドに「誤謬《ごびゅう》の訂正」ということがある。我々が、つい言葉を言いまちがえたりすると、それを訂正する意味で、無意識のうちに類似のマチガイをやって、合理化しようとするものだ。

フツカヨイ的な衰弱《すいじゃく》的な心理には、特にこれがひどくなり、赤面逆上的混乱苦痛とともに、誤謬の訂正的発狂《はっきょう》状態が起きるものである。

太宰は、これを、文学の上でやった。

思うに太宰は、その若い時から、家出をして女の世話になった時などに、良家の子弟、時には、華族《かぞく》の子弟ぐらいのところを、気取っていたこともあったのだろう。その手で、飲み屋をだまして、借金を重ねたことも、あったかも知れぬ。

フツカヨイ的に衰弱した心には、遠い一生のそれらの恥の数々が赤面逆上的に彼を苦しめていたに相違ない。そして彼は、その小説で、誤謬の訂正をやらかした。フロイドの誤謬の訂正とは、誤謬を素直に訂正することではなくて、もう一度、類似の誤謬を犯すことによって、訂正のツジツマを合せようとする意味である。

けだし、率直な誤謬の訂正、つまり善なる建設への積極的な努力を、太宰はやらなかった。

彼は、やりたかったのだ。そのアコガレや、良識は、彼の言動にあふれていた。しかし、やれなかった。そこには、たしかに、虚弱の影響もある。しかし、虚弱に責を負わせるのは正理ではない。たしかに、彼が、安易であったせいである。

M・Cになるには、フツカヨイを殺してかかる努力がいるが、フツカヨイの嘆きに溺《おぼ》れてしまうには、努力が少なくてすむのだ。しかし、なぜ、安易であったか、やっぱり、虚弱に帰するべきであるかも知れぬ。

むかし、太宰がニヤリと笑って田中英光《たなかひでみつ》に教訓をたれた。ファン・レターには、うるさがらずに、返事をかけよ、オトクイサマだからな。文学者も商人だよ。田中英光はこの教訓にしたがって、せッせと返事を書くそうだが、太宰がせッせと返事を書いたか、あんまり書きもしなかろう。

しかし、ともかく、太宰が相当ファンにサービスしていることは事実で、去年私のところへ金沢だかどこかの本屋のオヤジが、画帖《がじょう》(だか、どうだか、中をあけてみなかったが、相当厚みのあるものであった)を送ってよこして、一筆かいてくれという。包みをあけずに、ほッたらかしておいたら、時々サイソクがきて、そのうち、あれは非常に高価な紙をムリして買ったもので、もう何々さん、何々さん、何々さん、太宰さんも書いてくれた、余は汝《なんじ》坂口先生の人格を信用している、というような変なことが書いてあった。虫の居どころの悪い時で、私も腹を立て、変なインネンをつけるな、バカ者め、と、包みをそっくり送り返したら、このキチガイめ、と怒った返事がきたことがあった。その時のハガキによると、太宰は絵をかいて、それに書を加えてやったようである。相当のサービスと申すべきであろう。これも、彼の虚弱から来ていることだろうと私は思っている。

いったいに、女優男優はとにかく、文学者とファン、ということは、日本にも、外国にも、あんまり話題にならない。だいたい、現世的な俳優という仕事と違って、文学は歴史性のある仕事であるから、文学者の関心は、現世的なものとは交わりが浅くなるのが当然で、ヴァレリイはじめ崇拝者《すうはい》にとりまかれていたというマラルメにしても、木曜会の漱石《そうせき》にしても、ファンというより門弟《もんてい》で、一応才能の資格が前提されたツナガリであったろう。

太宰の場合は、そうではなく、映画ファンと同じようで、こういうところは、芥川にも似たところがある。私はこれを彼らの肉体の虚弱からきたものと見るのである。

彼らの文学は本来孤独の文学で、現世的、ファン的なものとツナガルところはないはずであるのに、つまり、彼らは、舞台の上のM・Cになりきる強靭《きょうじん》さが欠けていて、その弱さを現世的におぎなうようになったのだろうと私は思う。

結局は、それが、彼らを、死に追いやった。彼らが現世を突ッぱねていれば、彼らは、自殺はしなかった。自殺したかも、知れぬ。しかし、ともかく、もっと強靭なM・Cとなり、さらに傑れた作品を書いたであろう。

芥川にしても、太宰にしても、彼らの小説は、心理通、人間通の作品で、思想性は殆《ほとん》どない。

虚無というものは、思想ではないのである。人間そのものに附属した生理的な精神内容で、思想というものは、もっとバカな、オッチョコチョイなものだ。キリストは、思想でなく、人間そのものである。

人間性（虚無は人間性の附属品だ）は永遠不変のものであり、人間一般のものであるが、個人というものは、五十年しか生きられない人間で、その点で、唯一の特別な人間であり、人間一般と違う。思想とは、この個人に属するもので、だから、生き、また、亡びるものである。だから、元来、オッチョコチョイなのである。

思想とは、個人が、ともかく、自分の一生を大切に、より良く生きようとして、工夫をこらし、必死にあみだした策であるが、それだから、また、人間、死んでしまえば、それまでさ、アクセクするな、と言ってしまえば、それまでだ。

太宰は悟《さと》りすまして、そう云いきることも出来なかった。そのくせ、よりよく生きる工夫をほどこし、青くさい思想を怖《おそ》れず、バカになることは、なお、できなかった。しかし、そう悟りすまして、冷然《れいぜん》、人生を白眼視《はくがんし》しても、ちッとも救われもせず、偉くもない。それを太宰は、イヤというほど、知っていたはずだ。

太宰のこういう「救われざる悲しさ」は、太宰ファンなどというものには分からない。太宰ファンは、太宰が冷然、白眼視、青くさい思想や人間どもの悪アガキを冷笑《れいしょう》して、フツカヨイ的な自虐《じぎゃく》作用を見せるたびに、カッサイしていたのである。

太宰はフツカヨイ的では、ありたくないと思い、もっともそれを呪《のろ》っていたはずだ。どんなに青くさくても構わない、幼稚でもいい、よりよく生きるために、世間的な善行でもなんでも、必死に工夫して、よい人間になりたかったはずだ。

それをさせなかったものは、もろもろの彼の虚弱だ。そして彼は現世のファンに迎《げい》合《ごう》し、歴史の中のM・Cにならずに、ファンだけのためのM・Cになった。

「人間失格」「グッドバイ」「十三」なんて、いやらしい、ゲッ。他人がそれをやれば、太宰は必ず、そう言うはずではないか。

太宰が死にそこなって、生きかえったら、いずれはフツカヨイ的に赤面逆上、大混乱、苦悶《くもん》のアゲク、「人間失格」「グッドバイ」自殺、イヤらしい、ゲッ、そういうものを書いたにきまっている。

★

太宰は、時々、ホンモノのM・Cになり、光りかがやくような作品をかいている。「魚服記」、「斜陽」、その他、昔のものにも、いくつとなくあるが、近年のものでも、

「男女同権」とか、「親友交歓《こうかん》」のような軽いものでも、立派なものだ。堂々、見あげたM・Cであり、歴史の中のM・Cぶりである。

けれども、それが持続ができず、どうしてもフッカヨイのM・Cになってしまう。そこから持ち直して、ホンモノのM・Cに、もどる。また、フッカヨイのM・Cにもどる。それを繰りかえしていたようだ。

しかし、そのたびに、語り方が巧《うま》くなり、よい語り手になっている。文学の内容は変わっていない。それは彼が人間通の文学で、人間性の原本的な問題のみ取り扱っているから、思想的な生成変化が見られないのである。

今度も、自殺をせず、立ち直って、歴史の中のM・Cになりかえったなら、彼は更《さら》に巧《たく》みな語り手となって、美しい物語をサービスしたはずであった。

だいたいに、フツカヨイ的自虐作用は、わかり易《やす》いものだから、深刻ずきな青年のカッサイを博すのは当然であるが、太宰ほどの高い孤独な魂が、フッカヨイのM・Cにひきずられがちであったのは、虚弱の致《いた》すところ、また、ひとつ、酒の致すところであったと私は思う。

ブランデン氏は虚弱を見破ったが、私は、もう一つ、酒、この極めて通俗な魔物をつけ加える。

太宰の晩年はフツカヨイ的であったが、また、実際に、フツカヨイという通俗きわまるものが、彼の高い孤独な魂をむしばんでいたのだろうと思う。

酒は殆ど中毒を起こさない。先日、さる精神病医の話によると、特に日本には真性アル中というものは殆どない由である。

けれども、酒を麻薬に非《あら》ず、料理の一種と思ったら、大マチガイですよ。

酒は、うまいもんじゃないです。僕はどんなウイスキーでもコニャックでも、イキを殺して、ようやく呑《の》み下しているのだ。酔っ払うために、のんでいるです。酔うと、ねむれます。これも効用のひとつ。

しかし、酒をのむと、否、酔っ払うと、忘れます。いや、別の人間に誕生します。もしも、自分というものが、忘れる必要がなかったら、何も、こんなものを、私はのみたくない。

自分を忘れたい、ウソつけ。忘れたきゃ、年中、酒をのんで、酔い通せ。これをデカダンと称す。屁理窟《へりくつ》を云ってはならぬ。

私は生きているのだぜ。さっきも言う通り、人生五十年、タカが知れてらア、そう言うのが、あんまり易《やさ》しいから、そう言いたくないと言ってるじゃないか。幼稚でも、青くさくても、泥くさくても、なんとか生きているアカシを立てようと心がけているのだ。年中酔い通すぐらいなら、死んでらぃ。

一時的に自分を忘れられるということは、これは魅力あることですよ。たしかに、これは、現実的に偉大なる魔術です。むかしは、金五十銭、ギザギザ一枚にぎると、新橋の駅前で、コップ酒五杯のんで、魔術がつかえた。ちかごろは、魔法をつかうのは、容易なことじゃ、ないですよ。太宰は、魔法つかいに失格せずに、人間に失格したです。と、思いこみ遊ばしたです。

もとより、太宰は、人間に失格しては、いない。フツカヨイに赤面逆上するだけでも、赤面逆上しないヤツバラよりも、どれぐらい、マットウに、人間的であったか知れぬ。

小説が書けなくなったわけでもない。ちょッと、一時的に、M・Cになりきる力が衰《おとろ》えただけのことだ。

太宰は、たしかに、ある種の人々にとっては、つきあいにくい人間であったろう。たとえば、太宰は私に向かって、文学界の同人についなっちゃったが、あれ、どうしたら、いいかね、と云うから、いいじゃないか、そんなこと、ほッたらかしておくがいいさ。アア、そうだ、そうだ、とよろこぶ。

そのあとで、人に向かって、坂口安吾にこうわざとショゲて見せたら、案の定、大先輩ぶって、ポンと胸をたたかんばかりに、いいじゃないか、ほッたらかしとけ、だってさ、などと面白おかしく言いかねない男なのである。

多くの旧友は、太宰のこの式の手に、太宰をイヤがって離れたりしたが、むろんこの手で友人たちは傷つけられたに相違ないが、実際は、太宰自身が、わが手によって、内々さらに傷つき、赤面逆上したはずである。

もとより、これらは、彼自身がその作中にも言っている通り、現に眼前の人へのサービスに、ふと、言ってしまうだけのことだ。それぐらいのことは、同様に作家たる友人連、知らないはずはないが、そうと知っても不快と思う人々は彼から離れたわけだろう。

しかし、太宰の内々の赤面逆上、自卑《じひ》、その苦痛は、ひどかったはずだ。その点、彼は信頼に足る誠実漢であり、健全な、人間であったのだ。

だから、太宰は、座談では、ふと、このサービスをやらかして、内々赤面逆上に及ぶわけだが、それを文章に書いてはおらぬ。ところが、太宰の弟子の田中英光となると、座談も文学も区別なしに、これをやらかしており、そのあとで、内々どころか、大ッピラに、赤面混乱逆上などと書きとばして、それで当人救われた気持ちだから、助からない。

太宰は、そうではなかった。もっと、本当に、つつましく、敬虔《けいけん》で、誠実であったのである。それだけ、内々の赤面逆上は、ひどかったはずだ。

そういう自卑に人一倍苦しむ太宰に、酒の魔法は必需品であったのが当然だ。しかし、酒の魔術には、フツカヨイという香《かんば》しからぬ附属品があるから、こまる。火に油だ。

料理用の酒には、フツカヨイはないのであるが、魔術用の酒には、これがある。精神の衰弱期に、魔術を用いると、淫《いん》しがちであり、ええ、ままよ、死んでもいいやと思いがちで、最も強烈《きょうれつ》な自覚症状としては、もう仕事もできなくなった、文学もイヤになった、これが、自分の本音のように思われる。実際は、フツカヨイの幻想で、そして、病的な幻想以外に、もう仕事ができない、という絶体絶命の場は、実在致してはおらぬ。

太宰のような人間通、色々知りぬいた人間でも、こんな俗なことを思いあやまる。ムリはないよ。酒は、魔術なのだから。俗でも、浅薄《せんぱく》でも、敵が魔術だから、知っていても、人智《じんち》は及ばぬ。ローレライに、してやられました。

太宰は、悲し。ローレライです。

情死だなんて、大ウソだよ。魔術使いは、酒の中で、女にほれるばかり。酒の中にいるのは、当人でなくて、別の人間だ。別の人間が惚《ほ》れたって、当人は、知らないよ。

第一、ほんとに惚れて、死ぬなんて、ナンセンスさ。惚れたら、生きることです。

太宰の遺書は、体をなしていない。メチャメチャに酔っ払っていたようだ。十三日に死ぬことは、あるいは、内々考えていたかも知れぬ。ともかく、人間失格、グッドバイ、それで自殺、まア、それとなく筋は立てておいたのだろう。内々筋は立ててあっても、必ず死なねばならぬはずでもない。必ず死なねばならぬ、そのような絶体絶命の思想とか、絶体絶命の場というものが、実在するものではないのである。

彼のフツカヨイ的衰弱が、内々の筋を、次第にノッピキならないものにしたのだろう。

しかし、スタコラサッちゃんが、イヤだと云えば、実現はするはずがない。太宰がメチャメチャ酔って、言いだして、サッちゃんが、それを決定的にしたのであろう。サッちゃんも、大酒飲みの由であるが、その遺書は、尊敬する先生のお伴《とも》をさせていただくのは身にあまる幸福です、というような整ったもので、一向に酔った跡《あと》はない。しかし、太宰の遺書は、書体も文章も体をなしておらず、途方もないご酩酊《めいてい》に相違なく、これが自殺でなければ、アレ、ゆうべは、あんなことをやったか、と、フツカヨイの赤面逆上があるところだが、自殺とあっては、翌朝、目がさめないから、ダメである。

太宰の遺書は、体をなしていなすぎる。太宰の死にちかいころの文章が、フツカヨイ的であっても、ともかく、現世を相手のM・Cであったことは、たしかだ。もっとも、「如是我聞《にょぜがもん》」の最終回(四回目か)は、ひどい。ここにも、M・Cは、殆どいない。あるものは、グチである。こういうものを書くことによって、彼の内々の赤面逆上は益々《ますます》ひどくなり、彼の精神は消耗して、ひとり、生きぐるしく、切なかったであろうと思う。しかし、彼がM・Cでなくなるほど、身近の者からカッサイが起こり、その愚《おろ》かさを知りながら、ウンザリしつつ、カッサイの人々をめあてに、それに合わせて行ったらしい。その点では、彼は最後まで、M・Cではあった。彼をとりまく最もせまいサークルを相手に。

彼の遺書には、そのせまいサークル相手のM・Cすらもない。奥さんには、あなたがキライで死ぬんじゃありません、とある。井伏《いぶせ》さんは悪人です、とある。

子供が凡人《ぼんじん》でもカンベンしてやってくれ、という。

そこにあるものは、泥酔《でいすい》の騒々《そうぞう》しさばかりで、まったく、M・Cは、おらぬ。

だが、子供が凡人でも、カンベンしてやってくれ、とは、切ない。凡人でない子供が、彼はどんなに欲しかったろうか。凡人でも、わが子が、哀《あわ》れなのだ。それで、いではないか。太宰は、そういう、あたりまえの人間だ。彼の小説は、彼がまッとうな人間、小さな善良な健全な整った人間であることを承知して、読まねばならないものである。

しかし、子供をただ憐《あわ》れんでくれ、とは言わずに、特に凡人だから、と言っているところに、太宰の一生をつらぬく切なさの鍵もあったろう。つまり、彼は、非凡に憑《つ》かれた類の少ない見栄坊《みえぼう》でもあった。その見栄坊自体、通俗で常識的なものであるが、志賀直哉に対する「如是我聞」のグチの中でも、このことはバクロしている。

宮様《みやさま》が、身につまされて愛読した、それだけでいいではないか、と太宰は志賀直哉にくッてかかっているのであるが、日頃のM・Cのすぐれた技術を忘れると、彼は通俗そのものである。それでいいのだ。通俗で、常識的でなくて、どうして小説が書けようぞ。太宰が終生、ついに、この一事に気づかず、妙なカッサイに合わせてフッカヨイの自虐作用をやっていたのが、その大成をはばんだのである。

くりかえして言う。通俗、常識そのものでなければ、すぐれた文学は書けるはずがないのだ。太宰は通俗、常識のまッとうな典型的人間でありながら、ついに、その自覚をもつことができなかった。

★

人間をわりきろうなんて、ムリだ。特別、ひどいのは、子供というヤツだ。ヒョッコリ、生まれてきやがる。

不思議に、私には、子供がない。ヒョッコリ生まれかけたことが、二度あったが、死んで生まれたり、生まれて、とたんに死んだりした。おかげで、私は、いまだに、助かっているのである。

全然無意識のうちに、変テコリンに腹がふくらんだりして、にわかに、その気になったり、親みたいな心になって、そんな風にして、人間が生まれ、育つのだから、バカらしい。

人間は、決して、親の子ではない。キリストと同じように、みんな牛小屋か便所の中かなんかに生まれているのである。

親がなくとも、子が育つ。ウソです。

親があっても、子が育つんだ。親なんて、バカな奴が、人間づらして、親づらして、腹がふくれて、にわかに慌てて、親らしくなりやがった出来損ないが、動物とも人間ともつかない変テコリンな憐れみをかけて、陰にこもって子供を育てやがる。親がなきゃ、子供は、もっと、立派に育つよ。

太宰という男は、親兄弟、家庭というものに、いためつけられた妙チキリンな不良少年であった。

生まれが、どうだ、と、つまらんことばかり、云ってやがる。強迫観念である。そのアゲク、奴は、本当に、華族の子供、天皇の子供かなんかであればいい、と内々思って、そういうクダラン夢想が、奴の内々の人生であった。

太宰は親とか兄とか、先輩、長者というと、もう頭が上がらんのである。だから、それをヤッツケなければならぬ。口惜《くや》しいのである。しかし、ふるいついて泣きたいぐらい、愛情をもっているのである。こういうところは、不良少年の典型的な心理であった。

彼は、四十になっても、まだ不良少年で、不良青年にも、不良老年にもなれない男であった。

不良少年は負けたくないのである。なんとかして、偉く見せたい。クビをくって、死んでも、偉く見せたい。宮様か天皇の子供でありたいように、死んでも、偉く見せたい。四十になっても、太宰の内々の心理は、それだけの不良少年の心理で、そのアサハカなことを本当にやりやがったから、無茶苦茶《むちゃくちゃ》な奴だ。

文学者の死、そんなもんじゃない。四十になっても、不良少年だった妙テコリンの出来損ないが、千々《ちぢ》に乱れて、とうとう、やりやがったのである。

まったく、笑わせる奴だ。先輩を訪れる、先輩と称し、ハオリ袴で、やってきやがる。不良少年の仁義である。礼儀正しい。そして、天皇の子供みたいに、日本一、礼儀正しいツモリでいやがる。

芥川は太宰よりも、もっと大人のような、利口のような顔をして、そして、秀才で、おとなしくて、ウブらしかったが、実際は、同じ不良少年であった。二重人格で、もう一つの人格は、ふところにドスをのんで縁日かなんかぶらつき、小娘を脅迫《きょうはく》、口説《くど》いていたのである。

文学者、もっと、ひどいのは、哲学者、笑わせるな。哲学。なにが、哲学だい。なんでもありゃしないじゃないか。思索ときやがる。

ヘーゲル、西田幾多郎《にしだきたろう》、なんだい、バカバカしい。六十になっても、人間なんて、不良少年、それだけのことじゃないか。大人ぶるない。冥想《めいそう》ときやがる。

何を冥想していたか。不良少年の冥想と、哲学者の冥想と、どこに違いがあるのか。持って廻っているだけ、大人の方が、バカなテマがかかっているだけじゃないか。

芥川も、太宰も、不良少年の自殺であった。

不良少年の中でも、特別、弱虫、泣き虫小僧であったのである。腕力じゃ、勝てない。理窟《りくつ》でも、勝てない。そこで、何か、ひきあいを出して、その権威によって、自己主張をする。芥川も、太宰も、キリストをひきあいに出した。弱虫の泣き虫小僧の不良少年の手である。

ドストエフスキーとなると、不良少年でも、ガキ大将の腕ッ節《ぷし》があった。奴ぐらいの腕ッ節になると、キリストだの何だのヒキアイに出さぬ。自分がキリストになる。キリストをこしらえやがる。まったく、とうとう、こしらえやがった。アリョーシャという、死の直前に、ようやく、まにあった。そこまでは、シリメツレツであった。不良少年は、シリメツレツだ。

死ぬ、とか、自殺、とか、くだらぬことだ。負けたから、死ぬのである。勝てば、死にはせぬ。死の勝利、そんなバカな論理を信じるのは、オタスケじいさんの虫きりを信じるよりも阿呆《あほ》らしい。

人間は生きることが、全部である。死ねば、なくなる。名声だの、芸術は長し、バカバカしい。私は、ユーレイはキライだよ。死んでも、生きてるなんて、そんなユーレイはキライだよ。

生きることだけが、大事である、ということ。たったこれだけのことが、わかっていない。本当は、分かるとか、分からんという問題じゃない。生きるか、死ぬか、二つしか、ありやせぬ。おまけに、死ぬ方は、ただなくなるだけで、何もないだけのことじゃないか。生きてみせ、やりぬいてみせ、戦いぬいてみなければならぬ。いつでも、死ねる。そんな、つまらんことをやるな。いつでも出来ることなんか、やるもんじゃないよ。

死ぬ時は、ただ無に帰するのみであるという、このツマシイ人間のまことの義務に忠実でなければならぬ。私は、これを、人間の義務とみるのである。生きているだけが、人間で、あとは、ただ白骨、否、無である。そして、ただ、生きることのみを知ることによって、正義、真実が、生まれる。生と死を論ずる宗教だの哲学などに、正義も、真理もありはせぬ。あれは、オモチャだ。

しかし、生きていると、疲れるね。かく言う私も、時に、無に帰そうと思う時が、あるですよ。戦いぬく、言うは易く、疲れるね。しかし、度胸《どきょう》は、きめている。是が非でも、生きる時間を、生きぬくよ。そして、戦うよ。決して、負けぬ。負けぬとは、戦う、ということです。それ以外に、勝負など、ありやせぬ。戦っていれば、負けないのです。決して、勝てないのです。人間は、決して、勝ちません。ただ、負けないのだ。

勝とうなんて、思っちゃ、いけない。勝てるはずが、ないじゃないか。誰に、何者に、勝つつもりなんだ。

時間というものを、無限と見ては、いけないのである。そんな大ゲサな、子供の夢みたいなことを、本気に考えてはいけない。時間というものは、自分が生まれてから、死ぬまでの間です。

大ゲサすぎたのだ。限度。学問とは、限度の発見にあるのだよ。大ゲサなのは、子供の夢想で、学問じゃないのです。

原子バクダンを発見するのは、学問じゃないのです。子供の遊びです。これをコントロールし、適度に利用し、戦争などせず、平和な秩序を考え、そういう限度を発見するのが、学問なんです。

自殺は、学問じゃないよ。子供の遊びです。はじめから、まず、限度を知っていることが、必要なのだ。

私はこの戦争のおかげで、原子バクダンは学問じゃない、子供の遊びは学問じゃない、戦争も学問じゃない、ということを教えられた。大ゲサなものを、買いかぶっていたのだ。

学問は、限度の発見だ。私は、そのために戦う。

おわりに

太宰治《だざいおさむ》ではじまり、坂口安吾《さかぐちあんご》で終わる。そんな本を作りたかった。いや、そんな本を持っていたかった。好きな小編が一冊になっていれば、どこに行く時でも持っていけるし、手元に置いて好きな時に繰り返し読むことが出来る。そしてその本が、大切にしたいと思う装釘《そうてい》で、ものとして愛でられるものであれば尚更《なおさら》いい。

そういう意図のもとで、いくつかの作品を選出しているうちに——好きな曲だけを選んで一本のカセットテープを作った、あの感覚だ——小説や随筆、詩、論文など、多岐に渡ってきた。それらが混在している本もいいと思ったのだけれど、やはりそれでは雑多な内容になってしまう。そして、小説集と随筆集の二冊を作るほうが、読みやすくスッキリするんじゃないかと考えた。いくつかの候補を何度も並べ替えているうちに、本のイメージが微《かす》かに、でも確かに浮かんだ。別々に読んでももちろん楽しめるのだけれど、続けて読むと互いが補完し合い、各々の作品の魅力がより引き出される二冊。

そのためには、随筆集は坂口安吾の「不良少年とキリスト」で終わらなければならない。それが最も重要なこと。勝手な私の思い込みだけれど、思いが強くなければ何ごとも具現化することは不可能だ。それならば、小説集は太宰治の「グッド・バイ」からはじめなければならない。そう決めた瞬間、中々決まらなかった二冊の順番がピタリと決まった。ずっと頭の中にかかっていた靄《もや》がきれいに晴れたのだ。そして完成したのが、小説集『コーヒーと小説』と、随筆集『コーヒーと随筆』である。

本書の中には、小説や論文と言ったほうがいいような作品もある。だけど、通して読んでみると、随筆という言葉が一番しっくりくる。小説家の随筆は、時として小説より心に残るのだ。それはきっと、技巧的ではなく、率直に伝えたいことを書いているからだろう。そしてそういう言葉は、決して古びないし、とても強い。

コーヒーと一緒に、偉大な先達《せんだつ》たちの真摯《しんし》な言葉を楽しんでもらえたのならば、望外の喜びだ。

庄野雄治

著者紹介

◎太宰治（だざい・おさむ）
一九〇九年（明治四二年）―一九四八年（昭和二三年）。小説家。青森県生まれ。本名は津島修治。東京帝国大学仏文科に入学、以前から尊敬していた井伏鱒二に会い、以後師事する。一九三五年（昭和一〇年）「逆行」が第一回芥川賞の次席となる。翌年、初の作品集『晩年』を刊行。作品に「富嶽百景」「走れメロス」「津軽」「お伽草紙」「人間失格」など。戦後、華族の没落を描いた長編小説「斜陽」で流行作家となるが、「グッド・バイ」執筆途中に玉川上水で入水自殺し、未完のままとなった。

◎岡本かの子（おかもと・かのこ）
一八八九年（明治二二年）―一九三九年（昭和一四年）。小説家、歌人、仏教研究家。東京府（現・東京都）生まれ。本名は岡本カノ。文芸誌『明星』『スバル』に短歌を発表。一九一〇年（明治四三年）漫画家の岡本一平と結婚し、翌年、のちに芸術家となる岡本太郎を出産。一九二九年（昭和四年）一家でヨーロッパに渡り、三年後に帰国。一九三六年（昭和一一年）芥川龍之介をモデルにした小説「鶴は病みき」を発表。その後も「母子叙情」「老妓抄」など、次々と作品を発表した。

◎北大路魯山人（きたおおじ・ろさんじん）
一八八三年（明治一六年）―一九五九年（昭和三四年）。陶芸家、篆刻《てんこく》家、料理研究家、書家、画家。京都府生まれ。本名は北大路房次郎。書、篆刻、日本画で才能を認められる。食にも興味を抱き、各地の料理の研究を重ね、会員制食堂「美食倶楽部」を発足。その後、高級料亭「星岡茶寮」を開設し、顧問兼料理長として料理、食器の演出に携わる。一九二七年（昭和二年）神奈川県北鎌倉に「魯山人窯芸研究所・星岡窯」を設立、作陶活動を開始した。

◎向田邦子（むこうだ・くにこ）
一九二九年（昭和四年）―一九八一年（昭和五六年）。東京府生まれ。映画雑誌編集者として出版社に勤務する傍ら脚本を学ぶ。退社後脚本家として活動を始め、ラジオドラマ「森繁の重役読本」で頭角を現す。次第にテレビドラマを手掛けるようになり、「時間ですよ」「寺内貫太郎一家」「阿修羅のごとく」など数多くの人気作品の脚本を執筆。病気療養中に随筆『父の詫び状』を執筆し作家としても活動を始める。一九八〇年（昭和五五年）短編小説集『思い出トランプ』に収録の「花の名前」他二作で直木賞受賞。その翌年、台湾に取材旅行中、航空事故で亡くなる。

◎中谷宇吉郎（なかや・うきちろう）
一九〇〇年（明治三三年）―一九六二年（昭和三七年）。物理学者。石川県生まれ。東京帝国大学理学部に入学し、寺田寅彦の教えを受ける。卒業後は理化学研究所で寺田研究室の助手となり、火花放電を研究。文部省在外研究員としてイギリスに留学後、北海道大学理学部に赴任。一九三二年（昭和七年）頃から雪の研究を開始し、一九三六年（昭和一一年）大学に設置した常時低温実験室で世界初となる雪結晶の人工製作に成功。科学的な様々な現象をわかりやすく伝える随筆を多数執筆した。

◎織田作之助（おだ・さくのすけ）
一九一三年（大正二年）―一九四七年（昭和二二年）。小説家。大阪府生まれ。大阪市の仕出し屋の家に生れる。第三高等学校文科甲類に入学し、次第に文学に傾倒するようになる。一九三五（昭和一〇年）に青山光二らと同人誌『海風』を創刊。一九三八年（昭和一三年）、処女作である自伝的小説「雨」を発表。一九三九年（昭和一四年）「俗臭」が芥川賞候補、翌年「夫婦善哉」が改造社『文芸』推薦作品となり注目を集める。終戦後、当時の世俗を活写した短編小説「世相」で人気を博した。

◎谷崎潤一郎（たにざき・じゅんいちろう）
一八八六年（明治一九年）―一九六五年（昭和四〇年）。小説家。東京府生まれ。東京帝国大学在学中より執筆を始め、一九一〇年（明治四三年）に和辻哲郎らと同人誌「新思潮」（第二次）を創刊。同誌に発表した「刺青」が永井荷風に高く評価される。官能世界を描く、耽美派の作家として文壇に衝撃を与えた。関東大震災後、関西に移住してからは日本の古典美への傾斜を深め、『卍』『春琴抄』『細雪』、現代語訳『源氏物語』など数々の作品を発表。晩年には老人の性を大胆に描いた「鍵」「瘋癲老人日記」

が大きな反響を呼んだ。

◎永井龍男（ながい・たつお）
一九〇四年（明治三七年）―一九九〇年（平成二年）。小説家、随筆家、編集者。東京府生まれ。一九二〇年（大正九年）短編「活版屋の話」が菊池寛の目にとまり、「黒い御飯」が菊池の編集する『文芸春秋』に掲載される。一九二七年（昭和二年）文芸春秋社に入社、『オール読物』などの編集長を務めた。一九五〇年（昭和二十五年）短編「朝霧」で横光利一賞を受賞。人情の機微に触れた作風が高く評価される。翌年、朝日新聞に連載された『風ふたたび』が話題となる。随筆の名手でもあり『わが切抜帖より』で読売文学賞の随筆・紀行賞を受賞。一九八一年文化勲章受章。

◎夏目漱石（なつめ・そうせき）
一八六七年（慶応三年）―一九一六年（大正五年）。小説家。江戸牛込（現・東京都）生まれ。本名は夏目金之助。松山中学、第五高等学校で英語教師として教鞭を執る。イギリスに留学し、帰国後、東京帝国大学講師となる。高浜虚子の勧めで処女作「吾輩は猫である」を執筆、一九〇五年（明治三八年）雑誌『ホトトギス』に発表すると大評判となった。翌年、続けて発表した「坊っちゃん」「草枕」も好評を得て、東京朝日新聞社に専属作家として迎えられる。以降は創作に専念。「三四郎」「それから」「こころ」など多数の作品を著した。「明暗」執筆中に胃潰瘍が悪化し、永眠。

◎阿部知二（あべ・ともじ）

一九〇三年（明治三六年）―一九七三年（昭和四八年）。岡山県生まれ。小説家、英文学者、翻訳家。東京帝国大学英文科在学中に同人誌『朱門』に参加。卒業後、一九三〇年（昭和五年）文芸誌『新潮』で短編「日独対抗競技」を発表、高い評価を得る。翻訳家としても活躍、一九四一年（昭和一六年）ハーマン・メルヴィルの長編小説『白鯨』を初めて日本語訳。シャーロック・ホームズシリーズの最初の翻訳者でもある。一九五四年（昭和二九年）に発表した、女子寄宿舎を描いた長編小説『人工庭園』は同年、木下惠介監督により映画化（映画タイトルは『女の園』）された。

◎江戸川乱歩（えどがわ・らんぽ）
一八九四年（明治二七年）―一九六五年（昭和四〇年）。小説家。三重県生まれ。本名は平井太郎。貿易会社勤務、古本屋、新聞記者など様々な職業を経て、一九二三年（大正一二年）雑誌『新青年』に「二銭銅貨」を発表。推理小説を得意とし、日本における本格推理小説の開祖である。戦後は推理小説の評論家としても活躍。一九四七年（昭和二二年）探偵作家クラブ（後の日本推理作家協会）の初代会長となり、一九五四年（昭和二九年）江戸川乱歩賞を設立するなど、推理作家の育成にも尽力した。

◎二葉亭四迷（ふたばてい・しめい）
一八六四年（元治元年）―一九〇九年（明治四二年）。小説家、翻訳家。江戸市ヶ谷（現・東京都）生まれ。本名は長谷川辰之助。外交官を目指して一八八一年（明治一四年）東京外国語学校露語科に入学。一八八六年（明治一九年）小説家の坪内逍遥と出会い親交を結び、写実主義のもとに書かれた小説『浮雲』を刊行。本作は言文一致体で書かれ、日本の近代小説の開祖となったが、文学に疑問を感じ『浮雲』を中断したまま内閣官報局の仕事に転じる。その後、母校の教授を経て大陸に渡る。帰国後、大阪朝日新聞社に入社。一九〇六年（明治三九年）より「其面影」を東京朝日新聞に連載し、文壇に復活した。

◎三遊亭円朝（さんゆうてい・えんちょう）

一八三九年（天保一〇年）―一九〇〇年（明治三三年）。落語家。江戸湯島（現・東京都）生まれ。本名は出淵次郎吉。七歳で初高座、九歳で二代目三遊亭円生に入門。一時、歌川国芳の弟子として浮世絵を学んだが再び芸界に戻り、十七歳で真打に昇進し円朝を名乗る。自作の創作噺に力を入れ、『牡丹燈籠』『真景累ヶ淵』『死神』など古典落語として現在も演じられる噺を多数残し、近代落語の祖と呼ばれている。また円朝落語の速記本が出版され、それが文学の言文一致運動に大きな影響を与えた。

◎林芙美子（はやし・ふみこ）

一九〇三年（明治三六年）―一九五一年（昭和二六年）。小説家。福岡県生まれ（本人談では山口県）。本名は林フミコ。貧しく不遇な少女時代を過ごす。尾道高等女学校卒業後に上京し、様々な職業を転々としながら詩や童話を創作。一九二八年（昭和三年）文芸雑誌『女人芸術』に「放浪記」の副題を付けた自伝的小説「秋が来たんだ」の連載を開始。一九三〇年（昭和五年）に『放浪記』が刊行されると大ベストセラーとなり、一躍流行作家となる。「清貧の書」で作家としての地位を確立し、「風琴と魚の町」「牡蠣」で市井ものの新しい領域を開いた。戦後も「晩菊」「浮雲」など数多くの作品を著した。

◎中原中也（なかはら・ちゅうや）

一九〇七年（明治四〇年）―一九三七年（昭和一二年）。詩人、歌人、翻訳家。山口県生まれ。山口中学在学中、友人と共著で歌集『末黒野』を刊行し詩の才能を顕す。女性を巡る小林秀雄との確執など、奔放な青春を過ごしたが、ランボー、ヴェルレーヌなどのフランス象徴派詩人の影響を受け、三五〇篇以上の詩を残した。一九三四年（昭和九年）に第一詩集『山羊の歌』を出版。長男を二歳で失ってから心身が衰弱し、三十歳で夭折。翌年、小林秀雄に託されていた詩稿が第二詩集『在りし日の歌』として出版された。

◎高村光雲（たかむら・こううん）

一八五二年（嘉永五年）―一九三四年（昭和九年）。仏師、彫刻家。江戸下谷（現・東京都）生まれ。仏師の高村東雲に師事。東雲の姉の養子となり高村姓を継ぐ。西洋美術を学び、写実的表現を加えることで衰退しかけていた木彫を復活させ、木彫技術の伝統を近代につなげる重要な役割を果たした。一八八九年（明治二二年）から東京美術学校に勤務し、以後多くの万博や国内の博覧会で高賞を受賞。一八九三年（明治二六年）に「老猿」をシカゴ万博に出品。上野恩賜公園の西郷隆盛像も高村光雲の作。長男の高村光太郎をはじめ、近代日本彫刻を代表する彫刻家を門下に多数輩出した。

◎芥川龍之介（あくたがわ・りゅうのすけ）

一八九二年（明治二五年）―一九二七年（昭和二年）。小説家。東京府生まれ。東京帝国大学英文科在学中から小説を発表し、短編「鼻」が夏目漱石の絶賛を受ける。一九一七年（大正六年）第一短編集『羅生門』を上梓。作品の大半が短編小説で、『今昔物語集』『宇治拾遺物語』などの古典を題材にしたものも多い。「蜘蛛の糸」「杜子春」「犬と笛」など、児童向けの作品も数多く執筆している。

◎高村光太郎（たかむら・こうたろう）

一八八三年（明治一六年）―一九五六年（昭和三一年）。詩人、彫刻家。東京府生まれ。本名は高村光太郎《みつたろう》。彫刻家の高村光雲の長男として生まれ、東京美術学校で彫刻、洋画を学ぶ。文学にも関心を持ち、東京美術学校在学中に与謝野鉄幹・晶子夫妻の新詩社の同人となり『明星』に短歌などを寄稿。フランスの彫刻家・ロダンの影響を受け、欧米に留学。帰国後、彫刻や絵画の制作と共に美術評論、詩を発表。処女詩集『道程』で芸術院賞を受賞。一九四一年（昭和一六年）、他界した夫人智恵子を偲び編んだ詩集『智恵子抄』を刊行。

◎佐藤春夫（さとう・はるお）

一八九二年（明治二五年）―一九六四年（昭和三九年）。小説家、詩人、評論家。和歌山県生まれ。一九一〇年（明治四三年）上京して生田長江に師事、新詩社の同人となる。慶應義塾大学文学部予科に入学し同校の教授だった永井荷風に学ぶ。『スバル』『三田文学』に詩を発表し高い評価を得る。一九一七年（大正六年）都会を離れ田園生活を始め、憂鬱で病的な心情を綴った「病める薔薇」を執筆。本作は改稿加筆され、一九一九年（大正八年）に「田園の憂鬱」の題名で刊行された。小説、評論、随筆、童話、戯曲、評伝など、その創作は多岐に及んだ。

◎寺田寅彦（てらだ・とらひこ）
一八七八年（明治一一年）―一九三五年（昭和一〇年）。物理学者、随筆家、俳人。東京府生まれ。幼少期は父の郷里である高知で育ち、熊本の第五高等学校で田丸卓郎に物理、夏目漱石に英語と俳句を学ぶ。東京帝国大学理科大学物理学科を卒業、一九〇九年（明治四二年）東大助教授となりこの年より二年間ドイツへ留学。一九一六年（大正五年）東大教授に就任。地球物理学、地震学、気象学、海洋学などの研究で独創的な業績を残す。第五高等学校在学中から夏目漱石に師事し、科学的視点と芸術感覚が融合した随筆を多数執筆した。

◎島崎藤村（しまざき・とうそん）
一八七二年（明治五年）―一九四三年（昭和一八年）。詩人、小説家。本名は島崎春樹。筑摩県（現・岐阜県）生まれ。修学のため上京し、明治学院（現・明治学院大学）を卒業。在学中に文学への関心を強め、一八九三年（明治二六年）北村透谷、星野天知らと文芸雑誌『文学界』を創刊。詩集『若菜集』で浪漫派の詩人として大きな業績を残した後、散文に転じ「破戒」で自然主義の小説家として出発する。一九二九年（昭和四年）から自身の父をモデルにした長編小説「夜明け前」を『中央公論』に断続的に掲載し、六年かけて完成させた。

◎坂口安吾（さかぐち・あんご）

一九〇六年（明治三九年）—一九五五年（昭和三〇年）。小説家、評論家、随筆家。新潟県生まれ。本名は坂口炳五。一九三〇年（昭和五年）友人らと同人雑誌『言葉』を創刊（二号で廃刊後、『青い馬』と改題し岩波書店から新創刊）。翌年『青い馬』に発表した「風博士」を小説家の牧野信一に絶賛され、新進作家として注目される。一九四六年（昭和二一年）に発表した「堕落論」「白痴」が評判となり、無頼派の作家として一世を風靡した。

表記について

本書では、原文を基本にしながら、読みやすくするために次の方針で文字表記に変更を加えた。

◎旧仮名づかいで書かれたものは現代仮名づかいに、旧字で書かれたものは新文に改める。

◎代名詞、副詞、接続詞などの一部を、平仮名に改める。

◎送り仮名の一部を、昭和四八年に内閣告示（昭和五六年一部改定）された「送り仮名の付け方」の基準に基づき改める。

◎読みにくい漢字にふり仮名を付ける。

また、一部に今日では不当・不適切と思われる語句や表記が含まれているが、作品発表当時の時代背景や作品価値を考え、原文のままとした。

底本一覧

畜犬談　―伊馬鵜平君に与える―　『皮膚と心』　竹村書房　一九四〇年
巴里のむす子へ　『岡本かの子全集　第十三巻』　冬樹社　一九七六年
家庭料理の話　『魯山人味道』　東京書房社　一九七四年
隣りの犬　『眠る盃』　講談社　一九七九年
立春の卵　『立春の卵』　書林新甲鳥　一九五〇年
大阪の可能性　『織田作之助選書　第五巻』　中央公論社　一九四八年
陰翳礼讃　『谷崎潤一郎全集　第二十巻』　中央公論社　一九六八年
人が住んでいる　『カレンダーの余白』　講談社　一九六五年
変な音　『夏目漱石全集　第九巻』　漱石全集刊行會　一九二五年
赤毛の犬　『犬』　中央公論社　一九五四年
恋と神様　『江戸川乱歩全集　第八巻』　平凡社　一九三一年

余が言文一致の由来　『二葉亭四迷全集　第五巻』　岩波書店　一九三八年
日本の小僧　『円朝全集』　春陽堂　一九二八年
柿の実　『旅だより』　改造社　一九三四年
亡弟　『中原中也全集　第三巻』　角川書店　一九六七年
佐竹の原へ大仏を拵えたはなし　『高村光雲懐古談』　万里閣書房　一九二九年
大仏の末路のあわれなはなし　『高村光雲懐古談』　万里閣書房　一九二九年
ピアノ　『芥川竜之介全集　第八巻』　角川書店　一九六八年
人の首　『高村光太郎全集　第九巻』　筑摩書房　一九五七年
好き友　『退屈読本』　新潮社　一九二六年
子猫　『寺田寅彦随筆集　第二巻』　岩波書店　一九四七年
太陽の言葉　『ある女の生涯』　中根書房　一九四九年
硝子戸の中　『硝子戸の中』　岩波書店　一九三三年
不良少年とキリスト　『不良少年とキリスト』　新潮社　一九四九年

編者紹介

◎庄野雄治（しょうの・ゆうじ）

コーヒーロースター。一九六九年徳島県生まれ。大学卒業後、旅行会社に勤務。二〇〇四年に焙煎機を購入しコーヒーの焙煎を始める。二〇〇六年、徳島市内に「アアルトコーヒー」を、二〇一四年同じく徳島市内に「14ｇ」を開店。主な著書に『融合しないブレンド』『誰もいない場所を探している』『たぶん彼女は豆を挽く』『徳島のほんと』（福岡晃子との共著）『コーヒーの絵本』（平澤まりことの共著）、編書『コーヒーと小説』『コーヒと短編』（いずれも小社）、短編小説集『たとえ、ずっと、平行だとしても』（Deterio Liber）がある。

モデル・スタイリング・メイク　安藤裕子
ヘア　小田代裕
撮影　大沼ショージ
挿絵　木下綾乃
編集・装釘　藤原康二
協力　株式会社ホリプロ、カワウソ、NAOT TOKYO

コーヒーと随筆　新装版

二〇二二年一一月一〇日　初版第一刷

編者　庄野雄治
発行者　藤原康二
発行所　mille books（ミルブックス）
〒一六六－〇〇一六　東京都杉並区成田西一－二一－三七　#二〇一
電話・ファックス　〇三－三三一一－三五〇三
発売　株式会社サンクチュアリ・パブリッシング（サンクチュアリ出版）
〒一一三－〇〇二三　東京都文京区向丘二－一四－九
電話　〇三－五八三四－二五〇七　ファックス　〇三－五八三四－二五〇八
印刷・製本　シナノ書籍印刷株式会社

定価はカバーに記載してあります。

Printed in Japan　ISBN978-4-910215-11-2　C0195